"Schatzi, wir haben kein Brot mehr! Gehe doch bitte in den Supermarkt und kauf eins. Und wenn sie Eier haben, nimm 6!" Schatzi kommt zurück. Sie völlig erstaunt: "Warum hast du sechs Brote?" "Sie hatten Eier!"

Corinna Howe

Neue Geschichten vom Inneren Ich

Bibliografische Informationen der Deutschen Nationalbibliothek: Die Deutsche Nationalbibliothek verzeichnet diese Publikation in der Deutschen Nationalbibliografie; detaillierte bibliografische Daten sind im Internet über http://dnb.dnb.de abrufbar.

Herstellung und Verlag.: BoD – Books on Demand Norderstedt

ISBN: 978-3-7347-6879-8

Gewidmet ist dieses Buch

den Freunden, welche wir im Laufe der Jahre kennen und lieben gelernt haben. Die uns nicht vergessen oder den Kontakt haben abbrechen lassen. Menschen, die uns in China zur Seite standen, uns die Jahre in Russland begleiteten und auch die Zeit in der Türkei mit uns teilten. Ohne euren Beistand, Verständnis und Begeisterung wären die Jahre sicher nicht so schön gewesen! Danke, dass es euch gibt!

Los geht's!
Gibt es das Ich?

Das Innere Ich brüllt Zeter und Mordio, schmeißt wütend Teller durch die Gegend und in seinen Augen steht die reinste Mordgier.

„Ähem, was ist los?" Frage ich vorsichtig.

„Was los ist?" Schreit es mit sich überschlagener Stimme und setzt einen Metalltrichter als Megaphon an den Mund. „Lies den Artikel, den du gerade schon überflogen hast noch einmal und mach dir bewusst, was da steht!"

Ich lese:

„Jeder Mensch hat ein "Ich". Wie ein roter Faden bestimmt der Gegensatz zwischen Ich und Welt, Subjekt und Objekt das abendländische Denken. Nur wenige wagten daran zu zweifeln, wie der jüdische Philosoph Baruch Spinoza, der Schotte David Hume oder der Physiker Ernst Mach. Geht es nach ihnen, so ist es falsch, das Ich als etwas anzusehen, was von der Außenwelt getrennt existiert. Es gebe gar kein Ich im Oberstübchen, sondern das Ich sei eine Illusion."

„Ich verstehe..." Murmele ich. Ich beobachte, wie das Innere Ich zu einem feuerspeienden Drachen mutiert und alle Werke dieser Herren zu verbrennen versucht.

„Es ist sehr schwer, dich in diesem Zustand als etwas anderes als eine Illusion zu beschreiben." Sage ich gedehnt. „Und im Augenblick ist das vermutlich auch ganz gut so."

Es piekst sich mit einer Nadel in den Drachenhintern, pfeifend entweicht die Luft und das Innere Ich schrumpft langsam zu einer Maus zusammen. Immer noch ziemlich wütend, weil offensichtlich seine Existenz in Frage gestellt ist sagt es gepresst: „Ich verbiete dir, jemals wieder Texte dieser Ungläubigen zu lesen. Dieser Pseudo-Philosophen und Ich-Verleugnern."

„Da soll noch mal einer sagen, dass philosophische Texte nicht aufregend sind!" Grinse ich.

„Das ist kein philosophischer Text, sondern eine glatte Lüge." Grummelt es in sich hinein. „Ich hätte nicht wenig Lust, dir dafür den ganzen restlichen Tag schlechte Laune zu machen."
Ich hebe abwehrend die Hände: „Oh bitte, tu das nicht! Es ist immer so furchtbar anstrengend, wenn du schlechte Laune verbreitest."
Während es schmollend vor sich hin stapft, lese ich den Artikel weiter:

„Ende des 19. Jahrhunderts unterschied der US-amerikanische Psychologe und Philosoph William James das Ich vom Selbst. Unser Ich ist der dunkle Bewusstseinsstrom, der die Welt erlebt. Und unser Selbst ist die Beurteilungszentrale, die diesen Bewusstseinsstrom interpretiert."

„Was soll denn bitte an mir dunkel sein?" Faucht es, während Gewitterwolken mit Blitz und Donner um seinen Kopf kreisen.
Ich versuche zu beschwichtigen: „Das mit dem `dunkel` verstehe ich auch nicht. Aber vom Sinn her ist das doch gar nicht so verkehrt. Und schließlich wird als Ganzes und Untrennbares ja am Ende ein `Ich Selbst`."

Das Innere Ich schielt wieder auf den Artikel.
„Aha! Gefühle, im Sinne von Leidenschaften, sind unzuverlässig und trüben das Denken, meinte etwa Immanuel Kant." Es reißt den Artikel in kleine Fetzen und frisst diese dann auf.
„Kant steht ab jetzt auch auf der roten Liste." Beschließt es und rülpst eine Buchstabenwolke.
„Oh je." Seufze ich und gehe in die Küche, denn Kochen hat eine wunderbar beruhigende Wirkung auf ein sehr wohl existierendes Inneres Ich.

„Das hast du schön gesagt." Meint das Innere Ich besänftigt und lässt sich in den Milchtopf plumpsen.

Aus dem Netz geschlüpft!

Ich war letzte Woche auf einer Mittelalter-Veranstaltung in Deutschland. Am Flughafen in Istanbul hatte ich kein Internet, darum machte ich den Laptop aus. Mein türkisches Telefon funktioniert in Deutschland eh nicht, also auch ausgestellt.
Stattdessen nahm ich mein Buch heraus, setzte die Brille auf die Nase und las. Es dauerte keine zwei Seiten, da war die Welt um mich herum versunken und machte sich erst wieder bemerkbar, als die Flughafenmitarbeiterin zum Boarding aufrief.

Das Innere Ich war sehr zufrieden und unterließ es sogar, mir kleine Filme über Flugzeugabstürze zu zeigen, wofür ich sehr dankbar war!
In Deutschland besuchte ich eine Freundin in München, packte in Giengen meine Mittelalter-Sachen, fuhr nach Kassel und verbrachte dort 5 Tage in einer Zeit ohne Internet, Uhrzeit und Strom. Dann das Ganze wieder zurück.

„Komm auf den Punkt." Sagt das Innere Ich etwas genervt.
„Ist ja gut! Aber die Leser müssen schließlich wissen, um was es überhaupt geht." Entgegne ich.

Zurück in Istanbul habe ich den Laptop wieder ausgepackt und erst in diesem Moment festgestellt, dass ich ihn überhaupt nicht vermisst habe! Es war mir eine Woche lang völlig wumpe, wer mir eine email schreibt und selbst die Welt-Nachrichten haben mich eine Woche lang überhaupt nicht interessiert.

„Tja, da kannste mal sehen, dass die Welt eben auch ganz prima eine Weile ohne dich auskommt." Grinst das Innere Ich und steckt sich einen Lolly in den Mund. Natürlich ist er schwarz…
„Allerdings habe ich festgestellt, dass es doch zeitraubender und anstrengender ist, wenn man nicht schnell mit ein paar Tasten-Klicks sein Leben organisieren kann." Meine ich.
Das Innere Ich nickt lachend: „Jaja, statt Google-Maps aufzumachen musstest du im Arbeitszimmer nach Straßenkarten schauen! Und wenn du mit Jemandem sprechen wolltest, musstest du hinfahren, statt eine email zu schreiben."

„Aber im Grunde habe ich gar nichts vermisst." Stelle ich verwundert fest. „Und selbst, als ich wieder zurück war und die vielen emails gesichtet habe, welche in der Woche aufgelaufen sind, war nur Eine dabei, die wirklich wichtig war. Darin hat meine Freundin nach meinem Besuch gefragt, ob ich gut angekommen bin und machte sich Sorgen, weil ich mich nicht gemeldet hatte."

Ich bin quasi eine Woche lang aus dem Netz geschlüpft, welches unsere Gesellschaft angeblich zusammenhält. Habe Menschen getroffen, die ich lange nicht gesehen hatte und neue Leute kennengelernt. Gut, ich musste meine Tage besser planen, eben weil man nicht mal schnell per Tastatur Dinge regeln kann. Aber irgendwie waren die Tage auch intensiver und bewusster gelebt.
Ich habe mich in Giengen mal eine halbe Stunde in die Fußgängerzone gesetzt und beobachtet, wie viele Leute beim Flanieren ihr Mobiltelefon in der Hand halten oder

es während des Gehens benutzen. Das Ergebnis war erschreckend.

Das Innere Ich schlug entsetzt an eine große und sehr laute Glocke und schrie: „Ey, ihr seid in einer Scheinwelt! Kommt zurück!"
Aber die Borgs starrten weiter auf ihr elektronisches Fenster und jagten mit Vollgas über die Datenautobahn. Irgendwie hatte ich das Gefühl, als wäre ich durch sie vom wahren Leben ausgeschlossen – dabei war es umgekehrt! ICH war in der realen Welt und die Smartphone-Junkies in ihrem Netz gefangen, nicht mehr fähig, beim Gehen die Augen vom Bildschirm zu nehmen. Keiner von ihnen hat sich an den bepflanzten Blumenbeeten erfreut oder die mit Liebe gestalteten Schaufenster des Bastelladens angeschaut. Sie haben nicht mitbekommen, wie sich die ältere Frau mit ihrem Rollator auf dem Kopfsteinpflaster gequält hat und sie sahen nicht, wie dem kleinen Jungen beim Lecken seine Eiskugel über den Waffelrand kippte und auf den Boden platschte. Auch seine Mutter nicht, die hatte ihr Mobilphone vor der Nase...

Das Innere Ich reibt sich nachdenklich die Nase. „Wenn man die Menschen in ihrem weltweiten Netz so von außen betrachtet, dann hat das irgendwie gar nichts Soziales mehr."

„Zumindest nicht viel." Stimme ich zu. „Und immer öfter sehne ich mich nach der Zeit zurück, in der man noch Postkarten und handgeschriebene Briefe statt emails geschrieben hat. Wo man ein Telefon mit Kabel in der Wand und einer Wählscheibe hatte. Wo man mit Freunden im Cafe oder am Couchtisch saß und beim Kaffee geschnackt hat, statt sich über Whats-App zu unterhalten. Und wo man noch selbst die Uhr im Blick haben musste, um eine Verabredung pünktlich einzuhalten, statt sich von einem Klingeln des Mobiltelefons daran erinnern zu lassen."

„Aber die Moderne hat auch absolut ihre Vorteile. Ich fürchte, so richtig lösen können wir das Problem heute nicht." Gibt das Innere Ich zu bedenken, legt in vollendeter Scarlett O`Hara–Geste den Handrücken auf die Stirn und seufzt: „Hach, verschieben wir es doch auf Morgen!"

Ahoi!

Auf die letzte Geschichte vom Inneren Ich, in der es um das Älterwerden geht, schrieb eine der Testleserinnen: „Mit Schuheinlagen kann man ja noch ganz gut leben...die sind ja „versteckt", drastischer wird es dann mit den Rollatoren.....die muss man schon ganz schön „tunen", damit sie das Alter nicht verraten."
Das Innere Ich sitzt vor seinem Rollator und klebt Swarovski-Strass-Steine auf den Rahmen. Es hat eine Base-Cap auf dem Kopf, trägt eine Lederjacke, zerrissene Jeans und die Füße stecken in trendigen Sneakern. Es blinzelt mir zu: „Alter ist, was man daraus macht."
„Jaja, " gebe ich zu, „solange man körperlich noch einigermaßen fit und selbstständig ist, kann das auch ganz spaßig sein. Aber wenn man auf die Betreuung in einem Altersheim angewiesen ist, stelle ich mir den Fun-Faktor beim Altwerden eher gering vor."

Das Innere Ich blättert in einer Zeitung. „Hui! Und teuer wird es auch! Hier steht, dass ein Monat im Heim durchschnittlich zwischen 1700 und 2500 Euro kostet!"

Ich sinniere ein wenig und sage dann gedehnt: „Michel hatte da doch mal eine Idee…"

„Jepp – aber damals hast du es nicht aufgeschrieben."
Lacht es, trinkt eine Buddelschiff-Flasche aus und rülpst.

„Dann wird es Zeit: Man könnte die Kosten auch anders einsetzen. Zum Beispiel in eine Dauerkabine auf einem Kreuzfahrtschiff, sagen wir im Mittelmeerraum. Das kostet in etwa im Monat genau so viel. Aber man ist in warmen Gefilden, das Essen ist besser, das Entertainmentangebot geht qualitativ sicher über das eines Altenheims hinaus, ein Schiffsarzt ist auch immer an Bord und die Zimmer werden gereinigt."

Ich nicke und erwidere: „Hat was. Aber Besuche von der Familie und den Enkelchen sind dann schwieriger."

Das Innere Ich zieht eine Augenbraue nach oben: „Wo würde dich deine Familie wohl lieber besuchen? Eine Woche im Altersheim oder eine Woche Kreuzfahrtschiff?!"

„Auch wieder wahr." Gebe ich zu und finde die Idee sehr verlockend. „Außerdem trifft man immer wieder neue Leute. Und hat nicht immer dieselbe Birke vor dem Fenster."

Das Innere Ich hat rechts und links einen Schwimmring an seinen Rollator befestigt, auf denen „Titanic" steht.

„Nunja, bei Seenotübungen könnte es kleinere Schwierigkeiten geben…"

Ich winke ab: „Das ist ein zu vernachlässigendes Problem." Und schließe die Internetseiten über Kreuzfahrten.

Pars pro toto

Ich lese beim Frühstück die Nachrichten und bleibe in einem Artikel über die Unwetter in der letzten Woche bei einem Satz hängen.

Ein Leserkommentar war: „Und es gibt Menschen, die einfach gerne Ferrari fahren, ein 'pars pro toto '."

„Hä?" Fragt das Innere Ich irritiert, während es sich eine 5-mm-Schicht Lakritze aufs Brötchen schmiert. Ich schüttle mich kurz und lese den Satz noch einmal. Aber ich verstehe weder den Zusammenhang zum Wetter, noch kann ich das Latein übersetzen. Also mal den Herrn Google gefragt und der sagt mir:

„Das Pars pro toto ist ein Stilmittel der Rhetorik und eine Sonderform der Synekdoche sowie der Metonymie und gehört zur Gruppe der Tropen. Dabei ersetzt das Pars pro toto einen Ausdruck durch einen anderen, der ein Teil des ersetzten Begriffs ist. Das stilistische Gegenstück der Pars pro toto ist das Totum pro parte. Hierbei steht das Ganze für ein Teil des Ganzen."

Das Innere Ich lässt ganz langsam sein Brötchen sinken und sein Kopf verwandelt sich in ein Fragezeichen.

„Warte, ich schau mal, ob ich das nicht irgendwo verständlicher finde." Sage ich und jetzt bin ich wirklich neugierig geworden.

„Den Spruch musst du auswendig lernen und irgendwann mal beiläufig in ein Gespräch einfließen lassen. Das macht bestimmt richtig Eindruck." Sagt es kopfschüttelnd – äh, eher fragezeichenschüttelnd.

„Hier, so geht es doch: `Die Wortgruppe Pars pro toto stammt aus dem Lateinischen und lässt sich mit Ein Teil [steht] für das Ganze übersetzen. Die Übersetzung offenbart also schon, worum es grundsätzlich geht: nämlich um ein Wort, das stellvertretend als Teil eines Ganzen für dieses Ganze steht. Schauen wir dafür auf ein Beispiel:

Immerhin haben wir ein Dach über dem Kopf.

Das obige Beispiel ist den meisten Menschen mit Sicherheit aus der Alltagssprache bekannt. Hierbei wird der Begriff Dach stellvertretend für das gesamte Haus genutzt. Ein Teil des gemeinten Ausdrucks (Dach) steht folglich für das Ganze (Haus). In der Umgangssprache finden sich übrigens zahlreiche solcher Beispiele: Kopf für Person, Segel für Schiff, vier Augen für zwei Personen. `" Lese ich und das Innere Ich wandelt seinen Kopf in die übliche Runkelrübenform zurück.

Dann beißt es nachdenklich in sein Frühstück, kaut eine Weile darauf herum und sagt dann etwas zweifelnd:

„Wunderbar, jetzt habe ich zwar gelernt, was Pars pro toto ist, was das aber mit den Menschen zu tun hat, die gern Ferrari fahren, ist mir immer noch schleierhaft."

Ich zucke mit den Schultern. „Ich fürchte, da hat der Kommentator mal wieder mit Fremdworten umher geschmissen, deren Bedeutung ihm selbst irgendwie nicht ganz klar war."

Das Innere ich reibt sich breit grinsend die Hände: „Das wird auf jeden Fall ein Spaß für den nächsten Smalltalk!"

Kriminalgeschichten

Ich schaue gern Krimis. Diese Aussage ist so ziemlich die einzige (wenn auch nicht wirklich wirksame) Entschuldigung für zwei Ereignisse, welche ich im letzten Jahr erlebt habe...

Meine Freundin Annika hatte mich besucht und wir waren unterwegs zu einem Weingut, auf dem ich ein Zimmer buchen wollte für ein Wellness-Wochenende. Ein Geschenk für meinen Mann zum Hochzeitstag. Nun ist das aber in der Türkei auf dem Land teilweise etwas schwierig mit der Beschilderung der Straßen und das

Navi lässt einen auch gern mal im Stich. Und so steckten wir schließlich in einem Dorf fest und wussten nicht mehr, in welche Richtung wir fahren mussten. Doch plötzlich kamen wir an einer Polizeistation vorbei. Na, wenn die mir nicht weiterhelfen können!

Das Innere Ich war skeptisch und zog eine Augenbraue nach oben, während ich lächelnd und siegessicher ausstieg, um die vier Beamten zu fragen, welche sich vor dem Gebäude auf einem kleinen Balkon um einen Mann gestellt hatten.

Ich hielt ihnen, nach freundlicher Begrüßung, den Zettel mit der Adresse hin und alle vier schauten darauf und wären auch gewillt gewesen, mir zu helfen. Wenn nicht just in diesem Moment der Mann einen Satz über das Geländer gemacht hätte und mit einem irren Tempo abgehauen wäre. Die Beamten brauchten eine Sekunde und dann nahmen sie die Verfolgung auf. Die Szene hätte man im Film nicht dramatischer drehen können! Ich stand irritiert da und hielt immer noch den Zettel in die Höhe.

„Ähem!" Räusperte sich das Innere Ich. „Das wäre jetzt die Zeit, still und heimlich das Weite zu suchen, bevor die Herren wieder kommen und dich wegen Fluchthilfe festnehmen." Riet es und ich folgte dieser Aufforderung, indem ich zu Annika ins Auto stieg und möglichst unauffällig das Dorf verließ.

Das andere Erlebnis ereignete sich im Winter letzten Jahres. Ich stand in der Küche und werkelte an einem neuen Gericht, als ich sah, wie ein schwarz gekleideter Mann mit schwarzer Mütze vom Balkongeländer der Nachbarn auf eben diesen Balkon heruntersprang und sich dann offensichtlich am Fenster zu schaffen machte.

„Ein Einbrecher!" Schrie das Innere Ich alarmiert und ich griff sofort zum Telefon und rief aufgeregt den Sicherheits-Dienst an. Innerhalb von einer Minute war der Garten der Nachbarn voller Uniformierter und tatsächlich stellten sie den Mann auf dem Balkon.

Das Innere Ich war fürchterlich stolz und ließ sich von den erleichterten Nachbarn Blumenkränze aus Dankbarkeit umhängen.

Dann klingelte es an der Haustür. Es war einer unserer Wachmänner und in Erwartung eines fetten Lobes für meine Aufmerksamkeit öffnete ich mit stolz geschwellter Brust die Haustür.

„Hallo." Sagte der Mann. „Ich wollte nur sagen, dass der Mann da drüben kein Einbrecher ist, sondern der Fensterputzer."

Dann tippte er sich an die Mütze und ging mit einem süffisanten Grinsen, während ich ihm mit offenem Mund hinterher schaute und sich das Innere Ich verlegen eine braune Papiertüte über den Kopf zog und wisperte: „War ich nich!"

Romantik-Note

Wir haben hier in Istanbul noch immer viel Schnee, was sehr selten ist, aber immerhin haben wir es gemeinsam geschafft, die Zufahrt zum Haus frei zu schaufeln und so konnte Michel heute wieder zur Arbeit fahren. Die Schulbusse kommen aber noch nicht durch, weil hier im Compount ja nicht geräumt wird. Eigentlich sollte Montag ja die Schule wieder losgehen und so freut sich Jakob über zwei zusätzliche Ferientage. (Ich hoffe inständig, dass es nicht noch mehr werden und er morgen wieder zur Schule fahren kann!)

Der Wind fegt stetig über die Schneehauben auf den Büschen und das hat einen Effekt, als seien sie karamellisiert wie eine Vanille-Creme mit einer glänzenden, brüchigen Schicht. Gestern konnte das Innere Ich der Versuchung nicht widerstehen und drängte: "Los, leck mal dran..." Es schmeckte zwar weder nach Vanille noch nach Zucker aber es kitzelte herrlich auf der Zunge! Michel schaute mir etwas skeptisch zu und meinte dann: "Wer weiß, wieviel Schwermetall oder Umweltgift du da gerade abgeleckt hast."

"Ist das zu fassen?!" Empörte sich das Innere Ich. "Statt dieses Gefühls-Abenteuer selbst zu testen kommt der Herr Diplom-Physiker mit seinem banalen Realismus um die Ecke. Typisch..." Und es verschränkte schmollend die Arme vor der Brust.

Das erinnert mich an eine Situation, die bereits 20 Jahre zurück liegt:

Als wir noch nicht lange zusammen waren, sind wir durch den Reinhardswald spaziert und kamen auf eine wunderschöne Lichtung. Der Himmel war so postkartenblau und keine Wolke zu sehen. Wir machten Pause und ich kuschelte mich an ihn und sagte: "Warum ist der Himmel wohl so blau?" Gut, da könnte man jetzt seine Phantasie fliegen lassen und erklären, dass ein verliebter Riese mit einem Farbeimer kam und den Himmel angestrichen hat. Oder, dass er eigentlich rosarot ist aber die Männer den Himmel wegen des Geschlechterkampfes im Mittelalter mit alchemistischen Mitteln blau gefärbt haben.

Nicht so mein Mann! Der legte mir nämlich den Arm um die Schultern und erklärte mir zehn Minuten lang etwas über Lichtbrechung und "Omega hoch 4". Längen von verschiedenen Lichtwellen mit ihren Fachbegriffen und ihren physikalischen Auswirkungen und so weiter und so weiter.

Damals verdreht das Innere Ich die Augen, schüttelte mitleidig den Kopf und verpasste ihm auf dem Ehemann-Zeugnis im Fach "Romantik" die Note 5.

"Warum keine sechs?" Fragte ich irritiert.

"Sechs gibts nur bei Arbeitsverweigerung. Und ein gewisses Bemühen kann ich ihm nicht absprechen." Grinste es und verstaute das Zeugnis sorgsam in dem abgewetzten braunen Lederranzen.

Kapadokien

Jakob hat gerade Ferien und so sind wir von Istanbul in das 800 km entfernte Kapadokien gefahren. In die Stadt Göreme. Die ist für die Landschaft und die Felsenwohnungen berühmt. Wir hatten gestern Nacht einen Zwischenstopp in Kirikkale und darum waren wir bereits am Vormittag schon hier. Auch unser Hotel ist in den Fels gehauen. Und es sieht ganz toll und romantisch aus!
Michel hatte eine Knie-Op und konnte leider nicht mit...

Heute Mittag sind wir in das Kirchental gewandert. Das muss man sich mal vorstellen, im Jahre 230 n.Ch., da waren Priester und Geistliche, welche ja zu dieser Zeit noch verfolgt wurden und, um nicht erkannt zu werden und sie haben mit Hammer und Meißel ihre Kirchlein in den Berg gehauen! Es ist schon ein ganz tolles Gefühl, darin zu stehen, wenn man sich bewusst macht, wie unglaublich alt das alles ist, welcher Schweiß und welche Angst in diesen Steinen gelassen wurde. Leider sind viele Malereien kaputt gemacht worden, denn bis 1964 hatte sich niemand darum gekümmert! Erst ab dann wurde der Bereich unter Denkmalschutz gestellt und ist inzwischen UNESCO Weltkulturerbe. Wie schade, dass so viel verloren ist. Bis dahin haben die Ziegen darin gewohnt und die Hirten mit ihren Familien...

Das Innere Ich pufft mich in die Seite: "Erzähl vom Abendmahl!" "Was? - Ach so, ja! Also, in einer der Kirchen gab es ein Bild vom Abendmahl. Darauf ist zu sehen, wie seine Jünger mit Jesus an der Tafel sitzen und Jesus erzählt ihnen, dass einer von ihnen ihn noch vor dem nächsten Morgen verraten wird."

"Das war übrigens eine ganz billige Nummer mit der Umarmung! Wenn ich jemanden schon verrate, dann mache ich das so, dass es nicht rauskommt, dass ich es war!" Schreit das Innere Ich dazwischen. "Aber der Höhepunkt an dieser Zeichnung ist etwas ganz Anderes: Man kann es dem Maler vielleicht zugute halten, dass das Christentum noch in ganz kleinen Kinderschühchen gesteckt hatte, als er seine Pinseleien an die Decken malte. Aber wenn man nun schon darum wusste, dass Judas den Verrat begangen hatte, dafür die Kohle kassierte und sich anschließend doch umbrachte (man betone an dieser Stelle den Freitod, den die Kirche ja so verabscheut!) - dann kann man doch Judas nicht mit einem Heiligenschein malen!" Erbost verschränkt es die Arme vor der Brust.

Es fiel mir in der Kirche in der Tat schwer, den Ausführungen des Audioguide noch zu folgen, nachdem dem Inneren Ich dieser `Grobe Schnitzer`, wie es sich ausdrückte, aufgefallen war. Und es wurde auch nicht besser, als es tobte: "Und da! Die Soldaten, die Jesus ans Kreuz genagelt haben! Auch alle beheiligenscheint! Der Kerl hat den Hammer sogar noch in der Hand! Der bringt den Sohn Gottes um und bekommt noch `ne Belohnung? Kein Wunder, dass das Christentum verfolgt wurde, bei solch fragwürdigen Heiligen! Verräter und Mörder werden angebetet... Unfassbar!"

"Vielleicht hatten sie einfach noch helle Farbe übrig?" Versuchte ich kleinlaut vorzuschlagen.

Das Innere Ich kniff die Augen zu Schlitzen zusammen und schaute mich lange an. "Ich verkneife mir einen

Kommentar, welcher über die Wahrscheinlichkeit deiner Aussage mit vernichtendem Ergebnis beschließen würde. Und beende die Diskussion über diese Bilder einfach mit einem Gedanken, der wohl alle Dummheit dieser Welt erklärt: Da hatte man einfach nicht nachgedacht."

Prokrastination

Ich starre eine Weile auf das weiße Blatt meines Bildschirmes, denn mir will partout kein Thema einfallen, über das ich heute schreiben könnte, dann wandert mein Blick auf die „To-Do-Liste" für heute.
„Vergiss es." Sagt das Innere Ich. „Wenn du jetzt anfängst zu Schreiben, kommt eh nur Quatsch bei raus."
Ich nicke und stehe seufzend auf. Dann mache ich jetzt eben die Betten und die Wäsche und habe das schon mal vom Bein. Und wenn das fertig ist, setze ich mich sofort an den Rechner.
Vorher nehme ich aber noch den Kampf mit einer Ameisenstraße auf, welche heute Nacht zwecks Nahrungsbeschaffung durch mein Wohnzimmer gebaut wurde und sauge anschließend die Leichenteile mit dem Staubsauger weg. Na, wenn ich schon dabei bin, kann ich eigentlich auch gleich das ganze Haus saugen. Aber hinterher setze ich mich an den Computer.

Das Innere Ich singt dabei das alte Lied: „Am Tag, als Conny Kramer starb..."
„Gab`s den eigentlich wirklich und wenn ja, wer war das?" Fragte ich.
Das Innere Ich sitzt in einem alten, abgewetzten Ledersessel und greift sich ein Buch aus dem Regal.

„Das Stück entstand infolge des Drogentodes eines Freundes, mit dem sie in einer Fußgängerzone von Essen Straßenmusik gemacht hatte, wobei Conny Kramer nicht der echte Name des damals verstorbenen Jungen ist." Liest es vor und klappt das Buch dann mit einem Knall zu. Staub wirbelt auf und ich sauge ihn weg.

Da fällt mir der Müll sehr unangenehm ins Auge und es schadet ja nichts, den mal eben rauszubringen und, so im Vorbeigehen, stopfe ich die Wäsche in die Maschine, räume die Spülmaschine aus und verstaue das Geschirr dorthin, wo es hingehört. Jetzt wäre der geeignete Zeitpunkt, mich an den Tisch zu setzen und zu schreiben.
Aber so viel Bewegung macht hungrig und darum koche ich mir erst mal was Schönes. Oh, kein Fleisch im Haus, da muss ich dann eben einkaufen gehen. Im Supermarkt treffe ich eine Freundin und die paar Minuten, die man mit Quatschen verbringt sind ja wohl immer drin.

Zuhause dann kochen, essen, Wäsche aufhängen, denn die Maschine ist inzwischen durchgelaufen. Auf meinen Krimi am Nachmittag möchte ich auf keinen Fall verzichten aber danach schreibe ich.
Der ist jetzt auch zu Ende und das Innere Ich tippt mir erinnernd auf die Schulter.
„Das Fremdwort zu deinem Leiden heißt übrigens Prokrastination." Sagt es mit spöttischer Miene.
„Hä?" Frage ich irritiert und tue so, als ob ich nicht weiß, wovon es redet.
„Ich darf mal kurz vorlesen?" Fragt es und liest: „Viele Menschen kennen es von sich selbst, dass sie unangenehme Tätigkeiten - wie das Lernen für Prüfungen, das Schreiben wissenschaftlicher Arbeiten, das Erledigen der Steuererklärung oder Referatsvorbereitungen - lieber aufschieben als sie sofort zu erledigen. Auch bekannt als Studentenkrankheit oder Aufschieberitis."

Ich muss grinsen: „Immerhin ist der Haushalt jetzt richtig in Schuss."

Das Innere Ich lacht: „Dann kannst du ja deinen Lesern empfehlen, Menschen mit aktueller Prokrastination nach Hause einzuladen, vielleicht toben sie sich ja putzmäßig ebenso aus, wie du heute. Und jetzt setz dich gefälligst hin und schreibe eine Geschichte über Prokrastination."

Bitte sehr.

Was man gewinnen kann, wenn man verliert

Ich bin ein „Finder". Ich finde Dinge, die Andere verloren haben und ans Wiederfinden nicht mehr glauben können. Demzufolge verliere ich höchstens mal die Nerven, die Geduld oder den Faden – aber keine Dinge. Manchmal finde ich sogar Dinge, bevor sie überhaupt verloren gegangen sind...

Auf einer Party habe ich Gül kennengelernt. Eine Türkin, die in Deutschland aufgewachsen ist und akzentfrei diese Sprache spricht. Wir haben uns auf Anhieb verstanden und nach der Party habe ich mich ohrfeigen können, dass ich mir nicht ihre Telefonnummer habe geben lassen. Dies hatte ich auch versäumt, als wir uns zufällig auf dem Dienstagsmarkt mal an dem Gözleme-Stand trafen und ein paar Minuten quatschten.

„Weil du ja immer deine Zettelwirtschaft brauchst, damit du nicht alles vergisst." Meckerte das Innere Ich.

„Das sind Einkaufszettel und die sind sehr nützlich." Verteidigte ich mich.

„Das heißt aber nicht, dass man mit der Tinte auch seinen Verstand auslaufen lassen muss." Frotzelte es.

Heute war ich auch wieder zur Mittagszeit auf dem Markt und habe eingekauft. Da ich bis gestern Gäste hatte, war die To-Do-Liste wohl gefüllt und ich habe darum Döner eingekauft, um die Zeit fürs Kochen zu sparen. Während ich auf meine Bestellung wartete, kam der fesche junge Kellner vorbei geflitzt und stellte mir einen türkischen Tee hin. „Oh, den habe ich nicht bestellt." Lächelte ich entschuldigend aber er grinste nur, fasste sich mit der flachen Hand aufs Herz und sagte: „Das ist ein Geschenk von mir!" - Was ihm vom Inneren Ich eine wahre Symphatieflutung einbrachte, indem es ihm ein ganzes Bataillon Flugküsse zuwarf. Ich konnte gerade noch das Zucken meiner Hand unter Kontrolle bringen, um zu verhindern, dass ich das auch machte.

Gegen 18 Uhr klingelte mein Telefon und Michel rief aus dem Büro an: „Na Schatz, du warst also heute wieder auf dem Markt?"
Ich stutzte: „Ja. Aber woher weißt du das?"
„Du hast dein Portemonnaie verloren."
„Nicht, dass ich wüsste, das liegt doch im Auto." Beim siegessicheren Nachschauen starrte mich aber nur der leere Platz in der Mittelkonsole an und mir wurde ganz schummerig im Bauch. In dem Geldbeutel waren nämlich nicht nur 1000 Lira (200 Euro), sondern auch die Bankkarte, die Visakreditkarte, Führerschein, Museumskarte, Metrokarte, Buskarte, Sixtkarte... „Jaja", murmelte das Innere Ich, „die ganzen wichtigen und hier schwer zu ersetzenden Dinge."

Ich konnte am Tonfall schon erkennen, dass er seine Schadenfreude über mein Entsetzen kaum unterdrücken konnte und er kostete den Moment noch etwas aus und sagte dann langsam: „Ein Arbeitskollege hat mich gerade benachrichtigt, dass seine Frau auf dem Markt dein Portemonnaie gefunden hat. Sie wohnt auch in Alkent, du kannst es sofort abholen." Ich war so erleichtert, dass ich erst mal einen langen Seufzer von mir gab, während das Innere Ich durch die Gegend flog wie ein aufgeblasener Luftballon, den man vor dem Verknoten loslässt - und es pfiff auch genauso.

Ich fuhr also zur angegebenen Adresse, klingelte und stand plötzlich Gül gegenüber!

„Der Kellner von dem Gözleme-Stand hat uns damals zusammen gesehen. Er hatte deine Börse gefunden und als ich zum Stand kam, sagte er, dass er die gefunden habe und ob ich sie dir zurückgeben könnte." Erläuterte sie. Das Innere Ich setzte den Kellner auf einen Altar und steckte ihm einen Heiligenschein aufs Haar, während ich ihn glühend für seine Gesichter Erkennung bewunderte!

Nächsten Dienstag werde ich auf jeden Fall wieder hinfahren, um mich mal persönlich bei ihm zu bedanken, es hat nicht mal eine Münze am Inhalt gefehlt!

Alles komplett, was für eine Ehrlichkeit!

Und jetzt habe ich dazu noch Gül`s Telefonnummer und ihre Adresse.

Annäherung

Eine Freundin schrieb in einem Brief, sie habe mit dem Rauchen aufgehört. „Und die Haut bessert sich sichtbar."

Ich stehe vor dem Badezimmerspiegel und putze mir die Zähne. „Oh, wie ich sie beneide!" Ruft das Innere Ich und macht Klimmzüge an der Zahnbürste.

Ich seufze und betrachte kritisch meine Haut. Tja, in einen Jungbrunnen bin ich ganz offensichtlich nicht gefallen...

„Kinder bis zu einem gewissen Alter kann man übrigens optisch geschlechtlich nicht genau bestimmen." Sagt das Innere Ich. „Also, wenn man zum Beispiel

Kindergartenkinder alle mit der gleichen Matschhose und dem gleichen Haarschnitt in den Garten schicken würde, könnte man nicht sofort sehen, wer Mädchen und wer Junge ist." Es legt den Kopf schief und tippt sich mit dem Zeigefinger an die Nase. „Ich frage mich, ob das im Alter auch so ist."

„Hä?" Frage ich irritiert und schmiere mein Gesicht mit Nivea ein.

Das Innere Ich rollt mit den Augen: „Na, jeder weiß, dass die Nase einer Frau meist kleiner ist, als die der Männer und bei den Ohren ist es genauso."

Ich grinse: „Sag das mal Barbra Streisand."

„Pfff..." Macht es und ignoriert meinen Einwand. „Aber Ohren und Nasen wachsen im Alter weiter, während der Körper schrumpft. Damit müssten Frauen und Männer sich doch dann wieder annähern, so, dass sie im Alter wieder so ähnlich sind wie die Kleinkinder."

„Was für eine wirklich sehr erstrebenswerte Vorstellung!" Rufe ich aus. „Ab der Pubertät brezeln wir uns auf, kümmern uns um unsere Körper und tun alles dafür, das optische Gegenteil des Mannes zu sein, um im Alter dann flachbrüstig und mit Bierbauch im Feinripp-Hemd vor dem Fernseher Fußball zu gucken?"

Das Innere Ich zieht eine Augenbraue nach oben: „Deine Ironie ist fehl am Platz."

Es deutet mit den Augen auf den rosafarbenen Rasierer. Jaja, es stimmt schon, in meinem Körper bereitet sich das Östrogen auf den wohlverdienten Ruhestand vor und überlässt dem Testosteron mehr und mehr das Feld. Inzwischen muss ich mich fast so häufig rasieren, wie mein Mann – allerdings nicht nur im Gesicht. Täte ich das nicht, könnte ich mir problemlos in einigen Wochen Zöpfe an den Beinen flechten...

Das Innere Ich steht in einem Yeti-Kostüm auf einem Gletscher und winkt.

Ich gehe in meinen begehbaren Kleiderschrank und mein Blick fällt auf die weißen Unterhemden, welche ich mir vor ein paar Wochen gekauft habe.

„Das war wegen der Kälte!" Sage ich brüchig.

„Jaja..." Das Innere Ich lächelt unschuldig. Es selbst liegt mit der Haut einer Zwanzigjährigen auf einem Liegestuhl am Pool und lässt sich von einem unfassbar gutaussehenden Kellner einen Cocktail bringen.

Ich drehe mich um und schaue rüber zu Michels begehbarem Kleiderschrank und muss grinsen.

„Da Michel ein hübscher Mann ist, ist die Vorstellung, mich an ihn anzunähern gar nicht so schlimm." Sage ich und die gute Laune kehrt zurück. „Und er hat da einige Kleidungsstücke, die mir schon immer sehr gefallen haben. Ich könnte meine Garderobe also dann erweitern!"

Das Innere Ich trägt Michels Smoking, setzt einen Zylinder auf und lässt einen Gehstock kreisen.

„Hm... Manche Dinge ändern sich bei Frauen also doch nicht." Lacht es und pfeifft die Melodie von `Singing in the rain`.

Gesetze ernst nehmen

Eigentlich sollte dies eine Geschichte werden, welche sich mit Teekesselchen beschäftigt. Also zwei gleiche Wörter mit ganz unterschiedlichen Bedeutungen und was für Missverständnisse daraus entstehen könnten. Aber bei einer kleinen Seitenrecherche über das Land Bhutan, weil das ja durchaus auch mit dem Gas Butan ((CH_3–CH_2–CH_2–CH_3) zumindest akustisch verwechselt werden kann, bin ich auf ein Gesetz gestoßen, bei dem das Innere Ich erst stutzte und sich dann vor Lachen bog:

„Dem jüngeren Bruder ist es nicht gestattet, Sex zu haben, wenn der Ältere noch unschuldig ist."
„Was machen denn die Brüder, wenn der Älteste Priester werden möchte? Familien-Zölibat?" Es schüttelt zweifelnd den Kopf, schmeißt die Ideen-Kiste über Teekesselchen zur Seite und forscht stattdessen nach ähnlich unsinnigen Gesetzen. Und da gibt es in der Welt doch einige!

Männer dürfen in der Öffentlichkeit urinieren, solange es am Hinterreifen des eigenen Autos passiert und die rechte Hand auf dem Auto ist.
„Wo?" Fragt das Innere Ich und ich zucke mit den Achseln. „Weiß nicht, das steht nicht dabei."

England: Alle Englischen Männer ab 14 Jahren müssen sich ungefähr zwei Stunden pro Woche von einem Geistlichen in der Handhabung von Pfeil und Bogen unterweisen lassen.
„Gut, das überrascht mich jetzt nicht so doll, die Engländer sind ja schon immer sehr traditionsbewusst gewesen. Aber warum von einem Geistlichen? Sollen die Bogenschützen nochmal zu einem Kreuzzug geschickt werden? Ich hätte allerdings gedacht, dass die das auch ohne Gesetz machen würden." Sage ich und stöbere weiter.

In Eureka, Kalifornien ist Rasieren Trumpf. Hier ist es Männern mit Schnurrbart verboten, eine Frau zu küssen.
Das Innere Ich grübelt: „Warum wäre doch interessant zu wissen. Hat das hygienische Gründe? Boa!!! Guck mal, das hier:" Ruft es entrüstet und zeigt auf das nächste Gesetz:

In Alabama dürfen Männer ihre Frauen nur verprügeln, wenn sie einen Stock benutzen, der nicht breiter als ihr Daumen ist.

„Jaja, vor dem Gesetz sind eben nicht immer alle gleich! Und Frauen ziehen seit jeher öfter mal den Kürzeren. Bitte schön, schau mal:" Sage ich.

In Devon, Connecticut ist rückwärts laufen nach Sonnenuntergang verboten.
Das Innere Ich grinst und ergänzt: „Es sei denn, der Läufer ist der jüngere, bartlose Bruder eines Engländers, der seine Frau nur mit seinem Bogen schlägt und an das eigene Auto pinkelt. Manche Gesetze kann man doch einfach nicht ernst nehmen! Außerdem hatten wir das letzte Gesetz schon mal in einer anderen Geschichte benutzt."
„Stimmt." Stimme ich zu und schließe die Seite wieder.

Betrug

Wenn man einen Sohn mit fast 14 Jahren hat, dann gibt es Dinge, über die man sich als Mutter aufregen kann. Es gibt aber auch Dinge, bei denen man schmunzeln muss...

Jakob hat einen Klassenkameraden zur Übernachtung hier. Heute und morgen werden in der Schule zwei große Arbeiten geschrieben. Jakob hat heute seinen Science-Test geschrieben. Und sein Kumpel heute Mathematik. Morgen schreibt Jakob den Mathematik-Test und sein Kumpel Science.

Beide sind in der Blüte der Pubertät und hatten eben noch eine Nerf-Gun-Schlacht im Garten veranstaltet und sitzen nun da und tauschen die Fragen der jeweiligen

Arbeiten aus. Das ist ja nichts Schlimmes, denn ich habe sie nach dem Austausch der Fragen getrennt. Sie müssen es also doch allein für sich lernen. Oh – böse Mama! Dachten sie doch, sie könnten einfach „voneinander abschreiben"…

Das Innere Ich steht vor einem Lehrerpult aus dem 19. Jahrhundert und wettert mit seinem Rohrstock: „ Das ist Betrug!"
„Nein." Widerspreche ich. „ Es könnte ja sein, dass der Lehrer die gleichen Aufgaben stellt, trotzdem aber andere Zahlen benutzt. Jakob muss es also trotzdem rechnen können. Es könnte sein, dass der Wissenschafts-Lehrer das gleiche Thema für seine Aufgaben wählt, doch eine andere Fragestellung hat. Dann muss es Jakobs Freund trotzdem wissen. Es ist also kein `Abschreiben`, sondern ein Eingrenzen der Arbeitszeit."

Das Innere Ich schmollt…

„Wenn sie die relevanten Themen trotzdem pauken, dann haben sie doch das Wissen hinterher. Und darauf kommt es doch an! Wenn sie mehr Zeit zum Spielen haben und trotzdem das lernen, was letztendlich wichtig ist, dann ist es doch kein Betrug." Sage ich.

Das Innere Ich schmollt immer noch.

Ich seufze. „Es kommt nicht darauf an, dass man Bestnoten bekommt, sondern darauf, dass die Beiden Zeit miteinander verbringen und sich trotzdem auf ihre Arbeiten vorbereiten. Wenn sie in ein paar Jahren Studenten sind, dann machen sie das eh so, wie sie es wollen. Dann ist kein Elternteil mehr dabei und sagt, wie sie lernen sollen. Sie müssen ihren Weg allein finden und sich gegenseitig helfen."

Das Innere Ich hält den erhobenen Zeigefinger in die Höhe. Es springt auf und tobt.

„Du MUSST aber die Kinder so einnorden, dass sie viel mehr lernen, als abgefragt wird in dem Test! Nur dann haben sie viel mehr Wissen!"

Ich lehne mich entspannt zurück und antworte: „Das Schöne an der Freiheit als Mutter ist, dass ich nicht die Dinge machen muss, die verlangt werden, sondern die Dinge tun kann, die ich für richtig und wichtig erachte zum Wohle und der Entwicklung der Kinder."

„Damit wird dein Sohn und auch sein Freund keine Bestnoten erzielen!" Orakelt das Innere Ich bösartig.

„Kann sein." Erwidere ich und schaue mir einen sehr konzentrierten jungen Mann vor seinem Computer an, der absolut gewillt ist, zu lernen. „Aber dann haben die Beiden trotzdem richtig für ihre Arbeiten gelernt. Und allein das zählt. Sie lernen für diese Arbeiten. Denn morgen werden sie genau dieses Wissen schreiben, ohne versteckte Zettel und sonstige Hilfsmittel - und nichts davon ist Betrug. Und Bestnoten sind selten soooo wichtig..."

„Okay." Das Innere Ich nimmt sich eine Tüte Lakritz-Kühe. „Hast gewonnen."

Der Bauch der Schmetterlinge

Ich binde die Schnürsenkel meiner Turnschuhe zu einer Schleife, da knufft mich das Innere Ich leicht in die Seite.

„Wie heißen eigentlich die harten Plastikenden an den Schnürsenkeln?"

„Hä?" Frage ich.

„Wie die harten Plastikenden heißen, die du gerade in der Hand hältst." Fragt es noch einmal.

„Äh, keine Ahnung?" Sage ich. „Das ist auch völlig unwichtig."

„Stimmt." Gibt es zu. „Ähnlich unwichtig ist die Frage, was Schafe wohl zählen, wenn sie nicht einschlafen können. Oder was Schmetterlinge im Bauch fühlen, wenn sie verliebt sind."

„Schmetterlinge können nicht verliebt sein. Das sind Insekten, die haben keine Gefühle." Gebe ich zu bedenken.

Das Innere Ich horcht auf. „Wie kannst du dir da sicher sein?"

Ich verdrehe die Augen. „Viel zu klein." Sage ich. „Außerdem muss man schon ganz schön dämlich sein, um nachts ins Licht zu fliegen und dann in einer Lampe zu verenden."

Das Innere Ich flattert über einer Pegida-Demo, an der Trump und LePen händchenhaltend mitlaufen und sagt geringschätzig: „Dämlichkeit hat nichts mit Gefühlen zu tun und das Monopol auf `Vollidiot` haben sicher nicht die Falter gepachtet. Außerdem sind das ausschließlich die Nachtfalter." Es stürzt sich in eine Lampe und macht wehleidige Sterbegeräusche. Dann schwebt es weißlich leuchtend mit einem Heiligenschein und Engelsflügeln wieder heraus.

„Ich meine es ernst." Sagt es ernst. „Woher will man denn wissen, ob Schmetterlinge Gefühle haben oder nicht? Affen haben sich schließlich auch lieb, Schwäne und Störche bleiben sich ein Leben lang treu. Von Hunden gar nicht zu reden."

„Eigentlich ist die Frage gar nicht so schlecht." Gebe ich zu, während ich das Laufband betrete. „Ist es nicht vermessen von den Menschen, anzunehmen, wir wären auf der Welt die einzigen Kreaturen, welche zu wahren Gefühlen fähig sind? Ist das fröhliche Schwanzwedeln eines Hundes lediglich ein Zeichen an das Herrchen als Rudelführer, dass es ihm gut geht? Dient das gegenseitige Lausen der Affen nur der Hygiene und dem Gruppenzusammenhalt mit dem Zweck der Arterhaltung? Täuschen wir uns einfach nur, wenn wir den Eindruck haben, dass der Elefant im Zoo so traurig schaut?"

Das Innere Ich zuckt mit den Schultern und springt mit Anlauf in eine Hängematte. „Und die Störche denken sich `Och, das passt mit dem Gencode und es kommen gesunde Küken heraus, bei dem Partner bleibe ich!` - Könnte natürlich auch sein."

„In der Philosophie sind Gefühle der böse Gegenspieler der Vernunft." Sage ich. Durch die Kopfhörer dröhnt mir „Smoke on the water" in die Ohren. „Da Tiere allein für die Arterhaltung viel vernünftiger sein müssen, als die Menschen, wären Gefühle wie Neid, Hass und Eifersucht wohl eher hinderlich. Trotzdem kann ich irgendwie nicht glauben, dass sie gar keine Gefühle haben."

Das Innere Ich rollt eine Lakritz-Schnecke ab und steckt sich ein Ende in die Mundwinkel.

„Falsch." Sagt es, zieht dann den Lakritzfaden wie eine Spaghetti mit einem schmatzenden Geräusch ein und meint: „Du willst es nicht glauben."

„Und jeder Hundebesitzer wird mir Recht geben!" Beharre ich störrisch.

„Und was wäre, wenn die Hundebesitzer lediglich ihre eigenen Emotionen gespiegelt sehen? Oder Gefühle hinein interpretieren, wo keine sind?" Fragt es schelmisch.

„Mag es auch geben. Trotzdem. Ich bleibe dabei, Tiere können Gefühle haben."

Mit einem triumphalen Lächeln schnallt sich das Innere Ich die Flügel an und sagt:
„Und jetzt versuche mir mal einleuchtend zu erklären, warum ein Schmetterling keine haben sollte!"
„Hmpf." Mache ich mit hochrotem Kopf, denn ich laufe zu schnell. Ja, warum erkennen wir einem Hund Gefühle zu und einem Insekt nicht? Weil wir es bei Letzterem nicht optisch erkennen können? Ist es vielleicht auch eine Art Selbstschutz, damit sich unser Gewissen nicht regt, wenn wir eine Fliege an der Wand zerklatschen?

„Deine Argumentationskette ist ziemlich dürftig." Stellt das Innere Ich fest und fügt hinzu: „Deine Zeit ist um, du kannst die Foltermaschine wieder abstellen. Und zuhause recherchieren wir, ob es über das Thema wissenschaftliche Studien gibt!"

Viele gelesene Berichte später bringt es folgender Artikel einer wissenschaftlichen Zeitschrift am verständlichsten auf den Punkt:

„So glauben einige Forscher, unsere vierbeinigen oder gefiederten Verwandten seien so etwas wie organische Automaten, die ein artspezifisches Verhaltensrepertoire abspulen.

Eine Begründung für diesen Ansatz lieferte der US-Hirnforscher Antonio Damasio von der University of Southern California. Er unterscheidet zwischen Emotionen und Gefühlen. Emotionen gelten ihm als physikalische Signale des Körpers, die von äußeren Reizen hervorgerufen werden. Gefühle hingegen sind Eindrücke, die bei der Interpretation von Emotionen durch das Gehirn entstehen. Tiere, so Damasio, können zwar Emotionen haben, aber keine Gefühle empfinden, denn das würde Selbsterfahrung oder auch ein Bewusstsein ihrer selbst voraussetzen. Dies aber sei allein den Menschen vorbehalten."

Glücks-Währung

Wenn Glück die gültige Währung wäre, welche Art der Arbeit würde dich reich machen?

Ich starre eine Weile diesen Satz an und lasse ihn auf mich wirken. Manche Sätze sind in ihrer Klarheit so bedeutend, dass eine Antwort darauf gar nicht so einfach ist.
„Das Schreiben." Antwortet das Innere Ich schließlich.
„Denn es befriedigt. Es fordert immer wieder Neues und es ist das, was du neben dem Kochen am allerliebsten machst."
Ich runzle die Stirn. „Ich verstehe die Frage ein wenig anders. Nämlich daraufhin, welche Arbeit ich ausüben müsste, um mit Glück belohnt zu werden."

„Auch wieder das Schreiben und Kochen. Denn damit beglückst du andere Menschen." Behauptet das Innere Ich. Es sitzt auf einer Schaukel die an einem Ende an der Spitze der Mondsichel befestigt ist und mit dem Anderen an dem Zacken eines Sterns. Immer, wenn es zurück schaukelt, sehe ich es nur noch als sehr, sehr winzigen Punkt in weiter Ferne.

„Mhhh..." Mache ich. „Dann meinst du, dass ich genau die Arbeit mache, die mich glücklich macht?"

„Ja." Das Innere Ich hat lange, lockige Haare, welche wie eine Fahne nach hinten wehen, wenn es nach vorn schaukelt und die ihm vor das Gesicht schlagen, wenn es rückwärtsgeht.

„Weißt du eigentlich, dass das gar nicht selbstverständlich ist? Und, dass es ein großer Grund dafür ist, warum du ein zufriedener Mensch bist?" Fragt es. „Warum tun wir so viele Dinge, die wir nicht mögen und mögen so viele Dinge, die wir nicht tun?"

„Ah, du meinst Bügeln, Klos putzen und in ein Flugzeug steigen? Weil es eben manche Dinge gibt, die einfach gemacht werden müssen, selbst wenn wir sie nicht mögen." Schmunzele ich. „Aber es gibt nicht viele Dinge, die ich gern machen möchte, aber nicht tu. Dafür sorgst du ja schließlich."

Das Innere Ich lacht: „Das ist ja auch mein Job." Strahlt es.

„Und den machst du verdammt gut." Dann nehme ich den vorigen Gedanken wieder auf. „Wenn Glück eine Währung wäre, würden dann immer noch so viele Menschen arbeiten gehen? Oder würde ihnen das Glück dann weniger Wert sein?
"

„Sie würden noch viel mehr arbeiten! Denn interessant wird die Frage, wenn man sich bewusst macht, dass Geld nicht glücklich macht, man allerdings häufig Geld braucht, um die Dinge machen zu können, die man mag. Das hieße dann aber auch, dass Reiche Menschen glücklicher sind, weil sie sich mehr Wünsche erfüllen können und Arme weniger. Im Grunde bliebe also eigentlich alles so, wie es ist."

Ich kratze mich hinterm Ohr. „Aber das hieße doch, dass man Glück doch kaufen kann."

„Wenn man das Befriedigen der Wünsche als einen unverzichtbaren Teil des Glücks definiert, dann ist das auch so." Meint das Innere Ich, liegt auf einer Wiese und lässt sich die Sonne auf den Bauch scheinen. „Bestätigung und Liebe gehören für mich aber ebenso zum Glück wie die Wunscherfüllung. Bestätigung erfahren wir, wenn unser Wirken positiv reflektiert wird und die Liebe erfüllt die Seele und gleicht uns aus. Und die kann man nun wirklich nicht kaufen.“

Ich lege mich ebenfalls ins Gras und lasse mir die Sonne auf den Bauch scheinen. „Weißt du was?“ Frage ich.
„Hm?“ Grunzt das Innere Ich träge.
„Ich bin ein verdammt glücklicher Mensch.“

Schlechte Nachrichten?

Das Innere Ich sitzt in einem Schaukelstuhl und liest in einer Tageszeitung.
„Wenn man so die Nachrichten verfolgt, dann bekommt man den Eindruck, es gibt nur noch Mord und Totschlag in der Welt.“ Sage ich missmutig.
„Jepp – und Fußball.“ Erwidert es gedankenverloren, stutzt dann und meint nachdenklich: „Aber vielleicht bilden wir uns das ja auch nur ein? Weil wir die negativen Dinge quasi als `Gefahren` viel bewusster wahrnehmen und die positiven Berichte schneller vergessen.“
Ich nicke langsam. „Und dann muss man natürlich noch differenzieren, welchen Ursprung die Artikel haben. 15 Minuten für Nachrichten aus der ganzen Welt und dem Inland, da passen nur die wichtigsten Ereignisse rein, während im regionalen Käseblatt die prämierten Rammler vom Hasenzüchterverband problemlos namentlich genannt werden können.“

Ich hole mir einen Block und beginne, mich durch diverse Zeitungen zu lesen. Dabei unterteile ich die Artikel in „negativ", „positiv" und „weder-noch". Behandle sie aber nicht nach der Wichtigkeit des Inhaltes.

Als ich fertig bin, staune ich.

„Guck mal an! Bei Tagesschau.de gab es 9 negative, 10 positive und 10 weder-noch Berichte. Also vollkommen ausgewogen."

„Lies dich mal durch die t-online-Zeitung." Sagt das Innere Ich. Es hat ein Raupenkostüm an und macht einen auf „Raupe Nimmersatt". Langsam wird mir klar, dass ich diesen Tag wohl ausschließlich mit dem Lesen von Zeitungen verbringen werde.

„Ergebnis 4 – 6 – 6." Sage ich.

„Nachrichten bei N-TV?" Fragt das Innere Ich, steckt sich ein Zeitungsbild von Herzogin Kate in den Mund und kaut. Ich schaue es verständnislos an. „Die ist so süß." Zwinkert es mir grinsend zu.

Ich lese also die N-TV-Nachrichten und stelle fest: 9 negative, 7 positive und 8 weder-noch Berichte.

„Und jetzt die Bildzeitung!" Ruft das Innere Ich.

„Och nöööö." Seufze ich. „Muss das sein?"

Das Innere Ich hat eine Halloween-Maske auf und schwebt über einem Grab. „Selbstverständlich! Vergiss nicht: Bild sprach zuerst mit den Toten!"

Nach einer Stunde reibe ich mir erschöpft die Augen.

„Diese reißerische Berichterstattung auf unterstem literarischen Bodensatz verursacht mir Schmerzen in den Sehnerven. Meine Augen wehren sich gegen diese Stammtisch-Äußerungen. `Das Geisterhaus von Hattersheim` - das ist echt gruselig!"

Das Innere Ich lacht: „Aber immerhin ein Ergebnis, wie man es erwartet hätte: 20 negative, nur 7 positive und 18 weder-noch Berichte. Dieses Blatt ist eben doch sehr darauf bedacht, die negativen Dinge vermehrt hervor zu heben."

Wir stöbern noch ein wenig in den süddeutschen Blättern und stellen fest, dass es insgesamt ziemlich ausgeglichen ist. Offensichtlich sehen wir also die negativen Geschichten eher, als die Positiven. In Wirklichkeit gibt es aber genauso viele positive Dinge, weder-noch-Geschichten wie die negativen Texte, die uns aufwühlen. Und das ist eine durchaus positive Entdeckung!

„Angst macht schließlich aufmerksam, Glück nur müde und zufrieden." Sagt das Innere Ich und fügt hinzu: „Aber es gibt auch Nachrichten, die einen hohen Unterhaltungswert haben, wenn man sie richtig liest. Dieses zum Beispiel!" Es hält mir einen Bericht aus einer süddeutschen Regionalzeitung hin:

Mann in lila Dirndl masturbiert vor Joggerin In Siegsdorf (Landkreis Traunstein) hat ein Mann eine Joggerin erschreckt. Der etwa 60 Jahre alte Mann stand am frühen Dienstag gegen 17.45 Uhr auf dem Parkplatz eines Schwimmbads, als die Frau nach dem Laufen zu ihrem Wagen wollte. Der Mann, der laut "Passauer Neue Presse" mit einem lila Dirndl und hohen, schwarzen Schuhen bekleidet war, suchte den Blickkontakt zu ihr, zog dabei sein Dirndl hoch und fing an, zu masturbieren. Die Joggerin setzte sich in ihren Wagen und alarmierte die Polizei. Daraufhin lief der Mann weg.

Das Innere Ich hat einen Hut mit Gamsbart auf und wiehert vor Lachen. „Etwa 60 Jahre? In einem Dorf vor einer Schwimmhalle im Dirndl? Früher hatten diese Herren doch einen Trenchcoat an und liefen durch Parks." Jappst es. „Das klingt eher nicht nach einem richtigen Bösewicht. Der Typ muss eine echt blöde Wette verloren haben!"

Ich habe ebenfalls ein breites Grinsen im Gesicht: „Schön ist auch, dass es der Autor wohl nicht so genau nimmt, mit den Tageszeiten, denn da steht `am frühen Dienstag gegen 18.00 Uhr`... Vermutlich ein Student?"

Das Innere Ich grinst. Dann deklariert es: "Der Tau lag noch glitzern blinzelnd auf den Wiesen. Die Vögel lockerten den Kropf für den ersten Tagesgesang und der Nebel stieg wie die sterbenden Geister der Nacht in den sich erhellenden Himmel, während sich die Sonne glutvoll und leise verabschiedend im Meer versenkte."

"Von dir?" Frage ich.
Es setzt sich eine Clownsmaske auf, und Tränen laufen über seine Wangen: "Nein, von Johannes Mario Simmel." Schluchzt es.
Ich bin verblüfft: "Echt?"   Das Innere Ich verdreht die Augen: "Nein. Kleiner Witz..."

Schönheit liegt im Auge des Betrachters

Eine Freundin hatte einen runden Geburtstag und wünschte sich als Geschenk Zeit mit uns. Ein wunderbarer Wunsch (Das Innere Ich begann sofort Turnübungen am Zeiger einer alten Rathaus-Uhr), denn nichts ist so kostbar wie die gemeinsamen Erinnerungen, die einem keiner mehr nehmen kann. Das Geburtstagskind suchte sich also aus, wo es hingehen sollte und wir (6 Damen) würden ihre Zeche bezahlen.

Und dann war es endlich soweit. Es sollte zum „Frankies" gehen. Einem Nobellokal mit Clubcharakter, Bar und später am Abend Live-Musik. Eine von uns besaß einen

Van, in den wir sieben Grazien hinein passten und es war sogar ein Fahrer mit dabei.

„Sie hat eine Tochter... Wozu braucht sie eigentlich ein Auto mit 8 Sitzen?" Fragte das Innere Ich irritiert. Ich schnallte mich an und dachte: „Das ist mir wurscht, ich bin einfach froh, dass sie es hat!"

So ein Mädelsabend in der Innenstadt Istanbuls ist natürlich eine aufregende Sache, vor allem, wenn man wie ich, nicht oft abends weg geht. Darum bin ich ein paar Tage vorher einkaufen gewesen. Eigentlich war der Plan, mir irgendwas mit „Glitzer" zu kaufen. Aber alle Teile, die ich probierte sahen an mir aus wie Lametta am Laubbaum. Es passte einfach nicht zu mir. Also entschied ich mich zu einer eleganten aber dennoch schlichten Garderobe. Dann musste es eben die Frisur rausreißen.

„Diesbezüglich möchte ich nur erinnern, dass dieser Haartrend vorbei ist, wo die Ansätze eine andere Farbe hatten als der Rest." Flötete das Innere Ich spöttisch und der skeptische Blick in den Spiegel machte klar, dass die grauen Haare dringend nachgefärbt werden mussten!

Und weil Manuela das gleiche Problem hatte, beehrten wir den Friseursalon im Doppelpack.

Nun bieten diese Etablissements heutzutage ja nicht mehr nur Färben, Waschen und Föhnen an, sondern auch Gesichtspflege, Maniküre, Pediküre und natürlich professionelles Make Up.

„Los, mach mal!" Rief das Innere Ich begeistert. (Es ist immer sofort dabei, wenn es etwas Neues zu entdecken gibt)

„Och, ich weiß nicht. Bin ja eigentlich nicht so der große Schmink-Typ." Erwiderte ich verhalten.

„Eben." Antwortete es. „Dann macht es endlich mal Jemand, der es kann." Es hatte eine Baskenmütze auf und einen weiten Mantel an. Auf der Malpalette waren verschiedene Farben gemischt und vor ihm stand ein Bild der Mona Lisa auf einer Staffelei. „Na los doch!" Ermunterte es mich.

Ergeben wandte ich mich an Manu, welche sich bereit zeigte, den Spaß mitzumachen.

„Das ist ja kein Tatoo, wenn es nicht gefällt, kann man es abwaschen." Sprach ich uns Mut zu.

Als ich dann auf dem Zahnarztstuhl lag, in dem man sich ohnehin schon ausgeliefert vorkommt, erblickte ich mit welchem Make die Dame arbeitete: Kryolan heißt die Firma. Die kenne ich sehr gut, die produzieren nämlich Theaterschminke! Dicke, fettige Schminkstifte, damit die Schauspieler im Scheinwerferlicht einen guten Teint haben.

„Na, bereust du jetzt, dass du gesagt hast, sie soll euch „glamourös" machen?" Fragte das Innere Ich und ich antwortete mit einem von Herzen kommenden: „Ja!"

Aber das kam ja später, denn sie begann erst mal mit dem Einsetzen falscher Wimpern. Der Kleber dafür verklebte meine Natürlichen für mehrere Minuten, so dass das Innere Ich nach feinster Känguru-Manier schrie: "Ich bin blind! Sie hat mich blind gemacht!"

Es fühlte sich komisch und sehr fremd an und ich brauchte eine Weile, bis ich den Drang, ständig zu zwinkern unterdrücken konnte.

Dann tapezierte sie mein Gesicht mit verschiedenen Beige- und Brauntönen, tupfte hier, rieb dort und hat jeden Tiegel in ihrem großen Sortiment benutzt. Da ich ja waagerecht vor ihr lag, konnte ich leider nichts sehen.

Umso überraschender war das Ergebnis beim Aufstehen und ich brauchte ein paar Atemzüge, um meinen Herzschlag wieder unter Kontrolle zu bekommen. Ich hatte so übertrieben dickes Make Up drauf, dass die Augenfalten, die eigentlich noch gar nicht sooo tief waren, aussahen wie Schützengräben im Zweiten Weltkrieg…

Das Innere Ich kriegte sich vor Lachen nicht mehr ein. Es lag auf dem Rücken und die Tränen flossen ihm in Bächen aus den Augenwinkeln.

Auch Manuela machte einen, nunja, nicht restlos überzeugten Eindruck. Kein Wunder: Wir sahen aus wie zwei Transen, auf dem Weg zur Reeperbahn!

„Eben wie eine glamouröse Mona Lisa!" Jappste das Innere Ich und hielt sich vor Lachen den Bauch.

Wir machten noch beim Friseur ein Bild von uns, dann fuhren wir nach Hause und wischten die Farbe aus dem Gesicht, bis wir darunter wieder zum Vorschein kamen. Die künstlichen Wimpern allerdings, haben wir die ganze Nacht getragen und fühlten uns damit absolut glamourös!

Walle Walle

Ich sitze am Esstisch, lese die aktuellen Nachrichten aus aller Welt und merke, wie die Wärme in meinen Kopf steigt. Das Innere Ich steht gebückt mit schwarzer Arbeitskleidung und Lokführermütze am geöffneten Brenner der alten Zugmaschine und schaufelt fleißig Kohlen nach.

„Lass das." Seufze ich schwach und weiß doch, dass es vergebens ist. Seit einigen Wochen geht das bis zu fünfzig mal am Tag so. Erst wird der Kopf heiß, dann wallt die Wärme durch den ganzen Körper, der Schweiß tritt aus den Poren und kühlt die Haut dann innerhalb weniger Minuten auf Bibbertemperatur herunter.

Was tagsüber schon unangenehm ist, ist in der Nacht höchst lästig, denn jedes Mal wenn der Puls hoch geht, wache ich auf!

Seit Wochen bin ich also bereits schlafmäßig unterversorgt und die Recherchen haben ergeben, dass ich mich sogar auf Jahre damit arrangieren muss!

Das Innere Ich deutet auf die Internetseite und liest so fröhlich vor, als würde es eine Speisekarte seines Lieblingsrestaurantes deklarieren: „Und nicht nur das, da steht auch was von Stimmungsschwankungen, häufige Harnwegsentzündungen, Schwindel, Burn out, Verzweiflung, Depressionen, Konzentrationsschwierigkeiten, Nervosität, Verwirrung, Einsamkeit, Angstzustände und natürlich die Falten und Altersflecken."

Ich stöhne gequält auf: „Wenn ich mir den Zeitraum anschaue, über den sich das hinzieht, kann ich mir jeden erdenklichen Zustand vorstellen!"

Das Innere Ich lächelt mutig und stellt die Kohlenschaufel in die Ecke. „Dann müssen wir eben das Beste draus machen. Andere Frauen haben das ja wohl auch überlebt. Nach der Geburt der Kinder hattest du auch viele Monate nicht durchschlafen können."

„Da war aber auch die Möglichkeit, den Papa mal aufstehen zu lassen. Das klappt in diesem Fall nicht, ich wüsste jedenfalls nicht, mit welchem Zauberspruch ich meinem Mann den Schweiß austreten lassen könnte."

Das Innere Ich grinst breit und meint nur: „Och…"

„Wie überaus schade, dass man das Klimakterium nicht einfach umgehen kann." Sage ich und das Innere Ich nickt zustimmend.

„Andererseits, immer jung zu bleiben, während die Freunde und Freundinnen älter werden ist doch auch blöd."

Ich nicke ergeben. „Ich könnte versuchen, es mit Humor zu nehmen. Immerhin bekommt der Refrain im Zauberlehrling von Goethe eine ganz neue Bedeutung."

Das Innere Ich sitzt auf einem Wischmob, fliegt wie Bibi Blocksberg in Hogwarts
herum und ruft: „Walle, walle, manche Strecke. Das zum Zwecke Wasser fließe und mit reichem, vollem Schwalle zu dem Bade sich ergieße!"
„Na, toll..." Sage ich und spüre, wie der Kopf wieder warm wird und mich die nächste Hitzewelle anspült.
„Du solltest zum Sport gehen, da fällt dein poriges Wasserlassen auf dem Laufband gar nicht auf. Und Bewegung schont dich zumindest vor Übergewicht und Depressionen."
Und, weil es damit absolut Recht hat, packe ich meine Sportsachen.

Gute Frage!

Dem Inneren Ich ist langweilig und es reitet auf einer Computermaus durch die Wörterwellen des Internets. Es gibt ja immer wieder Seiten, auf denen man Fragen zu allen möglichen und unmöglichen Themen stellen kann, jetzt gerade schmökert es durch die Koch-Abteilung und liest vergnügt:
„Denkt ihr 5 Minuten Terrine schmeckt besser wenn man Milch statt Wasser hinzugibt?"
Das Innere Ich grinst und antwortet: „Nur, wenn du noch ein paar Katjes-Pfoten hinzu fügst."

„Ist es normal, dass man nur Umluft hört? Und nicht Ober/Unterhitze oder sind sie defekt?"
Mal überlegen... könnte vielleicht am Ventilator liegen...?
„Halt!" Schreit das Innere Ich und deutet auf die nächste Frage. Es muss sich vor Lachen festhalten, um nicht von der Maus zu fallen:

„ Warum macht Pizza dick? Ich finde das nicht fehr. Pizza ist lecker und macht gute Laune und fast jeder isst sie gern aber warum macht sie dann dick? Gibt es auch alternative Pizzas? Für Inspirazionen bin ich sehr dankbar!"
Das Innere Ich wischt sich eine Lachträne aus dem Augenwinkel. „Diese Frage war auf jeden Fall schon mal eine Inspiration für diese Geschichte!"

„Oder hier, die ist auch nicht schlecht." Sage ich und lese vor: „Soll ich mir eine Pizza machen oder ist es noch zu früh dafür?"
Die Scheinwerfer der Mausaugen haben bereits die nächste Frage im Visier.
„Ist es schädlich, jeden Tag einen Liter Bockwurstwasser zu trinken?"
„Pfui Spinne!" Lacht das Innere Ich. „Noch einen Eiswürfel rein? Dann wäre es ein Fleisch-Eis-Tee. Na, denn - Prost!"

Ich blättere mal in die allgemeinen Themen und werde schnell fündig:
„Jemand hat mir mit einem Buch auf den Hinterkopf gehauen. Sterben da jetzt die Gehirnzellen ab?" Das Innere Ich winkt beruhigend ab: „Dazu müsste man dort erst mal welche haben!"

„Habe mir letzte Woche eine männliche Katze gekauft aber immer, wenn ich sie streichele, fängt sie an zu vibrieren. Ist das gefählich und sollte ich mit ihr zum Tierarzt gehen?"
Unbedingt! Ein schnurrender Kater ist furchtbar gefährlich!

„Ist es giftig, Tapetenkleister zu essen?" Das Innere Ich klatscht sich mit der flachen Hand vor die Stirn: „Iwo! Das bisschen Formaldehyd und die paar Kunstharze können auf keinen Fall schädlich sein... Guten Apetit!"

„Gibt es im Saarland einen Zahnarzt, der Paradontose behandelt?" Das Innere Ich liegt in einem Zahnarztstuhl und lässt sich rauf- und runterfahren. „Nein, damit musst du zu einem Proktologen gehen."

„Ich hatte 15 Tage lang ungeschützten Geschlechtsverkehr. Wie hoch ist das Risiko schwanger zu sein?" Ich nicke und seufze: „Manchen Leuten wünscht man von ganzem Herzen, sie mögen sich doch bitte nicht auch noch vermehren!"

Eine neue Religion

Zum Geburtstag habe ich zwei silberne Gloschen bekommen. Ein Teller, auf den man den Essteller stellt und darüber eine Halbkugel mit Griff. Wenn der Gast, also in diesem Fall mein Ehemann sein Essen bekommt, kann er nicht sehen, was darunter ist. Hebt man dann die Glosche ab, steigt ihm der Duft des Essens erst mal in die Nase. Sozusagen ein Vorspiel für den Gaumensex, welchen er beim Essen erleben wird. (Der Begriff „Gaumensex" stammt nicht von mir, sondern von Frank Rosin!)

Das Innere Ich sitzt auf einem silbernen Teller und versucht, die Glosche über sich zu hieven, was ein ziemlich lautes Geschepper ertönen lässt.
„Du, das stört gerade meine Konzentration beim Schreiben." Murre ich.
Es zuckt gelangweilt mit den Schultern. „Irgendwie muss ich mich ja bemerkbar machen."

Aus seinen Hosentaschen zieht es Bilder von Speisen, welche appetitlich angerichtet sind und sagt schwärmerisch: „Ich glaube, das schmeckt total gut!"
„Pfff." Erwidere ich. „Glauben kannst du in der Kirche."
„Falsch." Sagt es geheimnisvoll. „Wenn man alles mal genauer betrachtet, dann hat die Menschheit bereits einen neuen Götzen, den es anbetet: Die Nahrung, ihre Aufnahme und Wirkung."
Ich zucke zusammen. „Das wollen wir doch nicht hoffen!"

Das Innere Ich lächelt mitleidig: „Selbst, wenn die Hoffnung zuletzt stirbt, sind die Fakten wohl nicht zu übersehen."
„Welche Fakten?" Frage ich unwillig. „Gibt es inzwischen Rezept-Gebete? Oder eine lukullische Bibel, nach der man sein Leben und Denken ausrichten sollte?"

Es schüttelt es den Kopf. „Dein Spott ist unangebracht! Denn Siehe, ich zeige dir, was ich meine! Am Anfang war die Nahrungsaufnahme. Man sammelte Beeren und Kräuter, erlegte Wild und bereitete es zu. Mit der Industrialisierung kam die Möglichkeit, Speisen länger lagern zu können und irgendwann kamen dann die Fertigprodukte, weil die Menschen keine Zeit mehr hatten, selber zu kochen. Fast-Food-Restaurants (wenn man diese Läden überhaupt Restaurant nennen sollte) schossen wie Pilze aus dem Boden."

Ich muss grinsen: „Ja, doch die wurden meines Wissens noch nie angebetet! Im Gegenteil, sie sind heute eher verpönt."
„Richtig. Heute sind sie eher verpönt. Weil man sich heute wieder anders ernährt. Ist dir schon mal aufgefallen, dass es im ZDF gefühlt mehr Kochsendungen gibt, als ernst zu nehmende Dokumentationen? Das liegt daran, dass die Menschen immer gesünder leben wollen und sie definieren das durch ihre Nahrung. Es wird ihnen ständig eingebläut,

dass Fast-Food total schädlich ist, wegen viel zu viel Fett. Dass Chinoa-Samen ein Allheilmittel sind und Bio-Produkte das Leben verlängern. Frisches Obst und Gemüse sollen anti-aging- Wirkung haben."
Ich blicke in den Spiegel und stelle fest: „Hat bei mir jedenfalls nicht wirklich geholfen."

Das Innere Ich lacht: „Du weißt ja nicht, wie du aussehen würdest, wenn du nicht ständig mit frischen Produkten kochen würdest! Und genau das ist das Geheimnis: Es wird den Menschen vorgegaukelt, dass es wirkt. Und wenn es alle tun, dann kann man hinterher nicht wissen, ob man nun anders aussehen würde, weniger Krankheiten hätte oder weniger fit wäre, wenn man sich anders ernährt hätte."

Ich bin nicht wirklich überzeugt: „Es ist aber bewiesen, dass der Blutzucker oder die Blutfettwerte mit gesunder Ernährung besser sind."

Das Innere Ich lässt einen Ballon aufsteigen, der der Sonne entgegenfliegt. Immer höher und höher und irgendwann kommt er der Sonne zu nahe – und platzt.
„Willst du jetzt auf Ikarus anspielen?" Frage ich und sehe zu, wie die Gummischnipsel langsam auf den Boden zurück fallen.
„Ich will damit sagen, dass man es mit Allem auch übertreiben kann. Das gilt für Ikarus ebenso wie für die Ernährung. Wenn man daran glaubt, dass eine ganz spezielle, und meist sehr kostspielige Ernährung, heilende Wirkung hat, dann hat sie das auch bestimmt. Allein, weil dann der Placebo-Effekt eintritt. Wenn ich an irgendwelche erfundenen Studien von angeblichen Wissenschaftlern glaube, die angeblich belegen, dass Himalaya-Salz gesünder ist, als die weißen Körner aus Bad Reichenhall, dann schmeckt mir das Zeug vermutlich besser. Obwohl dieses Salz aus einer Region über 300 km vom Himalaya entfernt im Boden abgebaut

wird und diese netten rötlichen Einschlüsse nichts anderes sind, als Verunreinigungen, weil das Säubern und Extrahieren des Salzes für diese Region zu teuer ist – die sind nämlich bettelarm dort! Ein findiger Geschäftsmann hat dann einfach gesagt, dieses Salz wäre besonders gesund. Und, schwupps, schon kaufen es alle. Obwohl..." Es legt den Kopf schief und grinst. „Dreck reinigt den Magen, weiß man ja!"

Ich verschränke die Arme vor der Brust und sage störrisch: „Aber das alles hat nichts mit Religion zu tun."
Das Innere Ich reitet auf einem Goldenen Kalb durch das Hafenviertel in Hamburg und ruft:
„Oh, doch! Denn Religion ist nichts anderes, als eine Lehre zu den Menschen zu bringen, die diese Lehre als Heilsbringung glauben und die alles dafür tun, dieser Lehre zu folgen. Sie geben ihre Energie, ihr Denken und ihre Ersparnisse dafür und rennen immer wieder hin, um neue heilsbringende Botschaften zu bekommen, welche sie in ihrem Glauben bestärken. Das gilt seit Jahrhunderten als Grundstein aller Religionen!"

Ich bin etwas verunsichert. „Aber Kochen mit gesunden Lebensmitteln ist doch keine schlechte Sache?"

Das Innere Ich steigt ab und füttert das Goldene Kalb mit einem pinkfarbenen Donat. Es lächelt milde.
„Nein, doch welche Religion ist eine schlechte Sache, solange man seinen Verstand dabei nicht ausschaltet? Ich fürchte, die Menschen glauben heute eher an die Wirkung von Chinoa-Samen, als, dass Jesus barfuß über das Wasser wandelte."
Es steht mitten auf einem Rummelplatz, umgeben von Fahrgeschäften. Überall blinken bunte Lämpchen und es ist ohrenbetäubender Lärm.
„Warum erzählst du mir das eigentlich?" Schreie ich gegen die Lautstärke an.
Es hebt ein Schild hoch auf dem steht:

„Ich möchte jetzt sofort Currywurst mit Pommes Schranke und danach Zuckerwatte zum Nachtisch!"
Dann lacht es und ruft zurück: „Und danach bete ich dich an!"

Schätze

„Was machst du da?" Frage ich irritiert, denn das Innere Ich sitzt auf dem Fußboden und hat eine ganze Flut von Zetteln um sich herum verteilt.
„Ich staune." Erwidert es, so, als wäre damit alles erklärt. Fragend ziehe ich die Brauen nach oben.
„Es ist immer wieder erstaunlich", beginnt es, „wie selbstverständlich wir die Wörter unserer Sprache benutzen ohne uns ihren Wert klar zu machen. Da sollte man mal drüber nachdenken."
Es nimmt einen der herumliegenden Zettel und lässt mich lesen. „Drogen" steht darauf. Ich erschrecke: „Oh, bitte nicht, sowas will ich nicht mal ausprobieren!"

„Sollst du auch nicht. Es geht um die Sprache. Wenn wir das Wort hören, hat es sofort etwas mit negativen, verbotenen, gefährlichen Dingen zu tun. Dabei ist es ein ganz altes, deutsches Wort aus dem Norddeutschen und bedeutet `getrocknet`. Ein zu lange gegartes, trockenes Fleisch bezeichnen wir als `dröge`- kommt auch daher."

Ich grinse: „Hast du wieder nicht einschlafen können und im Wörterbuch geschmökert?" Frage ich.
Das Innere Ich hat eine Nickelbrille auf und einen gezwirbelten Schnurrbart. „Nein, ich schaue dem Albert Maier nicht nur bei `Bares für Rares` zu – ich merke mir auch, was er sagt!"
„Okay, Punkt für dich."

„Worte sind so vielfältig, man sollte ihnen ab und zu mal die Aufmerksamkeit zukommen lassen, die sie verdienen. Zum Beispiel das Wort Schatz. Etwas Wertvolles, darum nennen wir unseren Liebsten so. Wir schätzen etwas, was für uns von Bedeutung ist. Wir schätzen etwas ein, um es auszuloten und näher an die Wahrheit zu kommen. Wir schätzen etwas gering, wenn es in unseren Augen keine Beachtung verdient. Die Überschätzung ist, wenn du dich als intelligent bezeichnest."

„Ey! Jetzt gehst du zu weit." Schimpfe ich aber das Innere Ich grinst nur.

„Im Duden steht, das Wort `Schatz` ist maskulin, also männlich und in der Bedeutung ist es eine Ansammlung von Werten. Das Wort `Schatzung` allerdings ist feminin, also weiblich und bedeutet Schätzung eines Geldwertes. Das ist doch bezeichnend für das Rollenverständnis in der Gesellschaft!"

Ich schüttele den Kopf. „Nein, das liegt an der Endung. Wenn etwas mit `ung` endet, ist es in der Regel mit einem femininen Artikel begleitet. Dann werde ich stutzig. „Warum bekomme ich eigentlich gerade diesen Wörter-Vortrag?" Frage ich.

Das Innere Ich setzt eine vollkommen unschuldige Miene auf und sagt: „Schätze, weil ich gerade furchtbare Lust auf Lakritze habe und du sie rationiert hast?"

Ich seufze, gehe zum Schrank und murmele: „Dann hoffe ich, dass du diesen Schatz auch genießen kannst." Und stecke mir das schwarze Gold in den Mund.

Oh ja – wir können Beide!

Verlassen

Es gibt nicht viele Menschen, die ich als Freund betitele. Ich habe viele Bekannte und auch gute Bekannte, mit denen ich mich treffe und eine schöne Zeit verbringe. Aber der Begriff „Freund" ist etwas, in dem unglaublich viel Vertrauen und Verständnis inne wohnt.

Jemanden im Laufe der Zeit so an sich heran zu lassen, dass man nicht mal einen Gedanken daran verschwenden würde, ihm etwas vorzumachen, dazu gehört schon eine gewaltige Portion Mut.

Hat man eine solche Person gefunden, dann ist das ein unglaubliches Glücksgefühl und trägt einen auch durch die dunkelsten Zeiten.

Wohlgemerkt, ich rede nicht von einer sexuellen Beziehung, sondern von Freundschaft. Und die beschränkt sich nicht nur aufs berühmte „Pferdestehlen" oder gemeinsame Discobesuche. Auch nicht auf stundenlanges Telefonieren oder nachts für ein Sixpack zur Tanke fahren, weil es dem Anderen gerade schlecht geht. Ein Freund ist wie ein Lieblingspulli, bei dem man sich einfach wohl fühlt, bei dem einfach alles stimmt.

Ich hatte einmal einen solchen Freund, zumindest war es von meiner Seite aus so. (Das Innere Ich verkriecht sich gerade, weil es diese Geschichte nicht aushalten kann)

Sechs Jahre lang durfte ich ihn kennen lernen. Wir arbeiteten in unserer Freizeit für dieselbe Firma und es war schön mit ihm zu arbeiten, denn wir ergänzten uns sehr gut.

Bis zu dem Tag, an dem ich eine ziemlich wütende email an ihn verschickte, in der ich mich bitter über einen Mitarbeiter beklagte, der mir (milde gesagt) ganz gehörig auf die Nerven ging. Es war ein Wutausbruch, bei dem ich das Innere Ich einfach von der Leine ließ und seine Finger flogen nur so über die Tastatur. „Inkompetentes Arschloch" war noch der netteste Ausdruck…

Nach dem das alles draußen war, ging es mir besser. Allerdings nur kurz, denn er schrieb zurück: „Du weißt schon, dass du das gerade an alle geschickt hast?"

Nein, wusste ich nicht... Ich hatte nicht bemerkt, dass ich nicht meinem Freund direkt antwortete, sondern der gesamten Firma!

Da Derjenige, über den ich geschimpft hatte auch noch der Geliebte einer höheren Mitarbeiterin war, war dies denn auch meine letzte Aktion in dieser Firma.

Klar, natürlich war es mir fürchterlich peinlich aber in solchen Situationen muss man auch das Rückgrat haben, um die Konsequenzen zu tragen. Und damit hatte ich kein Problem.

Aber das mein Freund sich von diesem Moment von mir abwandte, weil er befürchtete, es könne seiner Karriere schaden, wenn er weiter mit mir Umgang hätte – das war ein Schlag, der auch jetzt noch, vier Jahre nach der Unglücksmail, sehr weh tut.

Auch eine Dame aus München verstehe ich nicht. Wir näherten uns über Jahre vorsichtig aneinander an und die Chemie passte genau. Wir trafen und schrieben uns und es war eine sehr schöne Zeit. Und urplötzlich brach der Kontakt ab. Sie schrieb nicht mehr und antwortete nicht. Und ich weiß bis heute nicht, warum. Jedenfalls bin ich mir diesmal keiner Schuld bewusst!

Warum ich das schreibe? Um daran zu erinnern, dass man nie aufgeben darf. Dass es sich bei jedem einzelnen Menschen lohnt, genauer hinzusehen. Ihm Zeit zu schenken, um festzustellen, ob da nicht eine wunderschöne Seele ist, mit der man gern befreundet sein möchte. Und, dass man die schönen Momente erfassen und in seiner Erinnerung festhalten muss, denn einen Freund an der Seite zu haben, ist eine kostbare Seltenheit.

Keine Angst vor den Schmerzen in der Seele, wenn der Freund plötzlich einen anderen Weg beschreitet. Es ist seine Entscheidung und ein echter Freund unterstützt diese. Und Schmerz gehört zum Leben einfach dazu, wie das Salz in der Suppe.

„Oder in der Wunde." Schnieft das Innere Ich. Es wird noch eine Weile dauern, bis es diese beiden Menschen verarbeitet hat, aber das wird schon...

Lakritz ist gut gegen das Vergessen

Ich stehe auf dem Laufband und absolviere mein Sportprogramm. Leider habe ich vergessen meinen MP3-Player aufzuladen und nun muss ich ohne Musik in den Ohren laufen.

"Wie langweilig." Murrt das Innere Ich. Es hat ein 80er-Jahre Stirnband um, trägt ein weißes Polo-Shirt und ein ganz knappes, weißes Faltenröckchen. Seine langen, lockigen Haare hat es zu einem Pferdeschwanz gebunden und es hält eine Tasse Tee in der Hand, auf dem "Teekanne" steht.

"Machst du jetzt einen auf Steffi Graf?" Frage ich, während sich die ersten Schweißperlen auf meiner Stirn bilden.

"Jepp. Ich habe beschlossen, den Verlust der motivierenden Musik durch philosophische Weisheiten auszugleichen. Und eine seriöse Sportlerin soll das Thema optisch verstärken." Es steht auf dem Ascheplatz und zwinkert grinsend den Schiedsrichter auf seinem Hochstuhl an. "Hör auf damit!" Fahre ich es an, als ich merke, dass ich gerade den Schwimmmeister angezwinkert habe, der vor der Glasscheibe meines Laufbandes entlang gegangen ist.

"Stell dich nicht so an, das hebt den Blutdruck."

"Der ist hoch genug, ich werde heute wohl nicht lange laufen." Muffele ich.

"Nicht das Beginnen wird belohnt, sondern einzig und allein das Durchhalten." Das Innere Ich wirft einen gelben

Tennisball in die Höhe, streckt sich für einen Aufschlag und verfehlt den Ball um eine ganze Handbreite. "Upps." Macht es und schaut sich um, ob es Jemand gesehen hat.

"Von wem stammt das Zitat? Marx oder Engels?" Frage ich. "Weder noch", antwortet es, "diese Worte kommen von den Lippen der Katharina von Siena, einer italienischen Mystikerin."

"Naja", sage ich, "nur knapp daneben."

Das Innere Ich kichert. "Wenige wissen, wie viel man wissen muss, um zu wissen, wie wenig man weiß. Und bevor du dich wieder blamierst: Es stammt von Sokrates."

"Du solltest auch mal wieder ein bisschen mehr Sport machen, danach fühlt man sich so schön befreit." Ermuntere ich es.

"Bin schon befreit." Sagt es und hält mir ein Entschuldigungsschreiben hin, auf dem es mit bunten Stiften in krakeliger Grundschulschrift geschrieben hat: "Mein Kind hat sich eine schwere Freiheit zugezogen und kann darum nicht am Sportunterricht teilnehmen." Ich schaue irritiert und es erklärt: "Freiheit heißt nicht, alles tun zu können, was man will. Freiheit heißt, nicht alles tun zu müssen, was man soll." Ich öffne den Mund und es winkt ab: "Kommst eh nicht drauf, war Rousseau."

"Ha!" Keuche ich. "Der Verstand kann uns sagen, was wir unterlassen sollen. Aber das Herz kann uns sagen, was wir tun müssen. Joubert."

Das Innere Ich liegt in einem Krankenhausbett und schaut unter halb geschlossenen Lidern zu den (natürlich wahnsinnig gut aussehenden!) Ärzten und Schwestern, welche den Defibrilator hektisch ins Zimmer fahren.

"Dein Herz sagt jetzt gerade aber, dass du mal ein paar Km/h weniger laufen solltest, um nicht vom Laufband zu fallen!"

In der Tat läuft mir der Schweiß in Strömen über den Körper und ich stelle die Geschwindigkeit runter. Noch zehn Minuten...

"Lakritz ist gut gegen das Vergessen." Meint das Innere Ich kauend. "Hä? Wer hat das denn gesagt?" Frage ich, denn ich bin mir sicher, dieses Zitat noch nie gehört zu haben.

"Ich. Und diesen Ausspruch wirst du nie wieder vergessen und somit wird er sich von selbst bewahrheiten. Leute, die Lakritze nicht mögen, können auch ihre Lieblings-Schokoladensorte einsetzen und haben damit nicht nur eine sich selbst beweisende Theorie aufgestellt, sondern auch noch einen super Grund, öfter davon zu naschen. Um eben der Vergesslichkeit vorzubeugen. Alzheimer-Prophylaxe, sozusagen."

"Gewagte Theorie..." Grinse ich.

"Dinge wahrzunehmen, ist der Keim der Intelligenz. Sagt Laozi. Und ich nehme gerade wahr, dass deine Zeit rum ist und du endlich von diesem stupiden Laufband runter kannst!"

"Jetzt bin ich jedenfalls super fit." Freue ich mich und klopfe mir innerlich auf die Schulter. Das Innere Ich legt den Kopf schief und liegt selbst lasziv auf einer Ottomane in Denkerpose mit Schlapphut. Es reckt die Nase in die Luft uns näselt: "Dann beschließe ich meine Sportmotivation mit Sokrates: Wer glaubt, etwas zu sein, hat aufgehört, etwas zu werden."

Hedonismus und Promiskuität

Das Innere Ich ist beim Lesen eines Zeitungsartikels auf zwei Wörter gestoßen und wiederholt diese laut und mit Bedacht: „Hedonismus und Promiskuität. Was mag das wohl sein?"

Ich zucke mit den Schultern und fülle Wasser in einen Topf. „Keine Ahnung, Hedonismus klingt, als könne es eine Religion sein. Evangelismus, Katholizismus, Buddhismus, Hedonismus..."

Das Innere Ich hat sich einen Teller Spaghetti mit Lakritz-Sauce genommen und zieht die schwarzen Fäden einzeln durch die Zähne. „Und Promiskuität hört sich nach einem kratzenden Schild an, wie sie immer in neu gekauften Klamotten eingenäht sind. Die Promiskuität sagt bestimmt etwas über die Durchlässigkeit des Stoffes aus. Oder wieviel Plastik-Anteil im Gewebe vorhanden ist."

Ich lache. „Klingt auf jeden Fall schon mal gut, wenn man bedenkt, dass wir überhaupt keine Ahnung haben und des Lateins zum Zwecke der Übersetzung im Detail auch nicht mächtig sind."

Mit einem bedauernden Seufzen schiebt das Innere Ich den Teller beiseite und schlägt ein riesiges, in dickes Leder eingebundenes Lexikon auf. Damit setzt es sich auf die oberste Sprosse einer Leiter, die auf Rollen an den hohen Regalen der Hirnbibliothek entlang gefahren werden kann und schlägt den Wälzer auf.

„Haaaaaa...." Murmelt es und geht mit dem Zeigefinger die Wortlisten ab. „He...Heckenrose, Hechtsuppe, hmmm lecker, Heckfenster, Hedgefonds, Hedonismus! Da ist es ja."

Es liest einen Moment konzentriert und grinst dann breit.

„Wir lagen nur ganz knapp daneben. Hier steht: Der Hedonismus ist die philosophische Lehre, nach der das höchste ethische Prinzip das Streben nach Sinnenlust ist."

Ich muss schmunzeln. „Heißt es nicht `Sinneslust´?" Frage ich.

Es schaut kurz nach: „Hier steht aber Sinnenlust. Kann es sein, dass man sich im deutschen Rechtschreibduden verschrieben hat? Das wäre ja ein ziemlicher Skandal."

Es kichert und setzt dann hinzu: „Abgesehen davon finde

ich, dass diese Beschreibung absolut unter Religion gewertet werden könnte, immerhin ist des Menschen Streben sein Himmelreich."

„Du bringst schon wieder alles durcheinander, es heißt `des Menschen Wille ist sein Himmelreich`. In die Alltagssprache übersetzt heißt das also `Hauptsache Spaß haben`? Meiner Meinung nach eine wundervolle Lehre!"

Das Innere Ich hat ein gelbes Kleidchen an, geringelte Strümpfe mit Strapsen und rote Zöpfe, die nach beiden Seiten abstehen und trällert: „Ich mache mir die Wortwelt, widde widde, wie sie mir gefällt!"

Während ich das Gemüse für die Sauce schneide, stupse ich es an: „Jetzt guck doch mal, was das umfassende Standardwerk auf der Grundlage der neuen amtlichen Regeln über Promiskuität sagt."

„Mit Freude und sofort!" Erwidert es und schlägt die Seiten erneut auf. „Prokurist, Promenade, Promethium, Prominenz... hier: Die Promiskuität wird aus dem Lateinischen übersetzt mit `Vermischung` und beschreibt den Geschlechtsverkehr mit häufig wechselnden Partnern."

Ich halte in der Bewegung inne. „Sag mal, welche Zeitungen hast du da bloß gelesen?"

Das Innere Ich wird rot und schiebt sich schnell eine große Gabel Nudeln in den Mund, so dass die Antwort lediglich aus einem unverständlichen Nuscheln besteht.

Ich werde aber auf jeden Fall diese beiden Worte in meinem Hirn speichern und bei irgendeiner Gelegenheit spaßeshalber bei einem Smalltalk mal einbauen. So nach dem Motto: „Jaja, als ich noch jung war, gab es auch noch die Zeiten der Promiskuität...". Mal schauen, was die Leute darauf erwidern!

Zahnpasta

Ich stehe vor dem Spiegel und putze mir die Zähne, während das Innere Ich als Zahnbürste verkleidet auf dem Wasserhahn sitzt.

„Hast du dich eigentlich schon mal gefragt, woraus eine Zahnpasta besteht? Also, was da genau drin ist?"

Nö. Habe ich tatsächlich noch nie und darum schaue ich direkt mal auf die Tube.

„Und? Merkste was?" Das Innere Ich ist trotz der frühen Stunde schon bemerkenswert aufmerksam und deutet auf die irre kleine Schrift der Tube. „Das ist nicht nur unleserlich klein gedruckt, sondern auch noch ohne jegliche Inhaltsstoffe."

Stimmt. Auf der Rückseite der Tube befinden sich lediglich Hinweise wie: "Warum reagieren Zähne empfindlich auf Kaltes und Heißes?"

Dann die Erleuchtung, warum genau diese Zahncreme so toll und wirksam ist und ganz unten der kleine Hinweis: Enthält Olaflur (Aminfluorid)

Keine Ahnung, was das sein soll, also schaue ich mal nach…

Aminfluoride werden hauptsächlich als Wirkstoff zur Plaque-Prophylaxe in Zahnpasten eingesetzt. Die Wirkung beruht auf ihrem tensidartigen Aufbau. Sie reichern sich nur geringfügig an Zahnoberflächen an und bilden dort monomolekulare Schichten. Die genaue Wirkungsweise ist bislang noch nicht erforscht.

Aminfluoride hemmen – wie anorganische Fluoride – wichtige bakterielle Enzyme zur Energiegewinnung. Da sie im Vergleich zu anorganischen Fluoriden die Zellmembran sehr leicht durchdringen, erreichen sie auch dort deutlich schneller wirksame Konzentrationen.

Das Innere Ich liest den Text sehr konzentriert und fragt dann: „Die genaue Wirkungsweise ist bislang noch nicht erforscht? Was soll das heißen? Erforschen sie das gerade bei mir? Und der Rest hört sich an wie ein Medikament zur Krebszellenbekämpfung!"

Ich stöbere weiter:

„Die Hauptbestandteile der Zahncreme sind ihr Putzkörper, Schaumbildner, Netz- und Feuchthaltemittel, Geschmacks- und Aromastoffe, Konservierungsmittel sowie Farb- und Zusatzstoffe. Außerdem enthalten Zahncremes auch Wirkstoffe zur zahnmedizinischen Prophylaxe, speziell von Parodontitis und Karies (Fluoride)."

„Sag mal, das steht doch auch auf unserem Geschirrspülmittel drauf?" Das Innere Ich deutet auf ein Wort namens „Natriumlaurylsulfat". Und tatsächlich, das Zeug sorgt für den Schaum beim Zähneputzen.

Außerdem warnt das Gesundheitsministerium davor, dass der Einsatz antibakterieller Wirkstoffe in Zahnpasta die Resistenzen gegen Antibiotika fördern. Das Innere Ich bekommt ganz große Augen, mit solchen Informationen hat es nicht gerechnet!

Weiter im Text finden sich viele chemische Substanzen und langsam wird mir klar, warum die Inhaltsstoffe auf der Verpackung nicht aufgelistet sind. Das ganze Zeug hört sich an, als könne man damit eine ABC-Waffe bauen!

Aber es gäbe auch die Alternative, aus Tonerde, Salz und Minze eine eigene Zahnpasta herzustellen. Die ist dann allerdings nur wenige Tage haltbar. Und ich muss gestehen, dass ich dazu einfach zu bequem bin…

Soll das ein Witz sein?

Heute Morgen saßen wir alle drei am Frühstückstisch. Michael hat einen Workshop und musste darum später los. Vielleicht lag es an der frühen Morgenstunde, wer weiß... Jedenfalls erzählte Jakob, er habe einen wirren Traum gehabt, in dem ein Cowboy ihn in einer Wüste angegriffen, er ihn verbal zum Freund gewonnen und der Cowboy ihn schlussendlich angebetet habe. Dann wäre einfach so auch noch ein Elefant ins Spiel gekommen.

„Ha! Ist das ein Juan-Carlos-Witz?" Rief das Innere Ich fröhlich (ich wiederholte dies laut) und wartete gespannt auf den Lacher. Die Reaktion meiner Männer war sehr, sehr verhalten.

„Äh, habt ihr den Witz verstanden?" Fragte ich. Beide verneinten.

„Na, super, der Witz war ja wohl `n Kracher." Das Innere Ich verdrehte die Augen.

Ich seufzte: „Na, weil doch der Ex-König von Spanien Ehrenpräsident des WWF war aber keine Probleme damit hatte, begeistert auf Elefantenjagt zu gehen."

Höfliches Lächeln – vermutlich eher ein Lob für diese frühmorgendliche intellektuelle Brücke...

Gut, ja, war wohl einfach nicht witzig. Es gibt aber teilweise in der Welt der Witze so Einige, die man mit nur mit Nachdenken verarbeiten kann.

„Jepp," bestätigt das Innere Ich und rezitiert: „Ein Römer kommt in eine Bar, hebt den Zeige- und Mittelfinger der rechten Hand in Richtung Kellner und ruft: `5 Bier, bitte!`"

Um den zu verstehen, muss man zumindest die römischen Zahlen können.

„Oder den hier: Drei Logiker kommen in die Kneipe, der Barmann fragt: `Wollt ihr alle einen Drink?` Sagt der Erste: `Keine Ahnung.` Der Zweite: `Keine Ahnung.` Und der Dritte sagt: `Ja.`" Das Innere Ich kichert.

Ich muss grinsen. „Okay, einen habe ich auch noch: Ein Römer kommt in eine Bar und bestellt einen Martinus. Der Barmann fragt: `Einen Martini, meinen Sie?` Sagt der Römer: `Wenn ich einen Doppelten wollte, hätte ich einen bestellt.`"

Das Innere Ich stöbert durch alle möglichen Witzeseiten und hängt bei einem sehr lange Zeit, bevor es sagt: „Es macht überhaupt keinen Spaß, Witze zu lesen, die man auch nach längerem Nachdenken nicht versteht, weil das Hintergrundwissen dafür nicht ausreicht. Guck mal, hier ist ein Witz, bei dem es nicht genügt zu wissen, dass der Herr Heisenberg ein Physiker war: Heisenberg war sehr schnell unterwegs. Die Polizei hält ihn an und sagt: `Hatten Sie überhaupt eine Ahnung, wie schnell Sie unterwegs waren?` Heisenberg antwortet: `Nein, aber ich wusste, wo ich bin.`"

Ich zucke mit den Schultern. „Stimmt, und wenn man die Erklärung liest, kommt man sich total doof vor: Werner Heisenberg war ein deutscher Physiker und einer der Hauptverantwortlichen für die Quantentheorie. Seine berühmte „Heisenbergsche Unschärferelation" sagt aus, dass man entweder den Ort oder die Geschwindigkeit eines Teilchens exakt bestimmen kann, aber nie beide Eigenschaften zur selben Zeit."

Das Innere Ich schließt die Seite und stellt fest: „Diesen Witz kann man nicht erzählen, weil da einfach keiner Spaß dran hat, der diese Theorie nicht gut kennt. Lass uns einfach bei den Witzen bleiben, die jeder problemlos versteht, damit man gemeinsam lachen kann."

„Welchen schlägst du vor?" Frage ich.

„Diesen: Sagt die Nonne zum Vibrator: „Jetzt zitter` nicht so, ich mache das doch auch zum ersten Mal!`" Sagt es und grinst.

Schreibschrift

Gestern Abend kam mein Sohn zu mir und fragte nach einem Füllfederhalter. Sie haben als Hausaufgabe die Herausforderung bekommen, einen Brief zu schreiben. Und zwar soll irgendjemand aus der Zeit Napoleons irgendjemand anderem die Zeilen zukommen lassen. Jakob hat sich ausgedacht, er wolle als ein Soldat nach der Schlacht von Trafalgar aus dem Lazarett einen Brief an seine Eltern schicken. Und „weil das ja viel authentischer rüberkommt", wolle er diese Zeilen nun eben mit Tinte und in Schreibschrift schreiben. Coole Idee, ich liebe es, wenn Kinder sich kreativ und mit Begeisterung um die Hausaufgaben bemühen.

„Kannst du das eigentlich noch?" Fragt das Innere Ich, während es an einem Schreibpult im Kloster Eberbach steht und die Feder mit Bedacht ins Tintenfass eintunkt.
„Was können?" Frage ich irritiert.
„Schreibschrift schreiben." Antwortet es und lässt die Feder über den Bogen Büttenpapier kratzen.
„Natürlich." Sage ich mit der Selbstverständlichkeit eines Menschen, der der Meinung ist, dass man Schreiben ebenso wenig verlernen kann wie das Fahrradfahren. Ich nehme mir also einen Bogen Papier und einen Kugelschreiber und fange an zu schreiben.
Hui, Moment, wie ging nochmal das kleine z? Und dann diese Übergänge vom g zum Rest des Wortes…Ich überlege angestrengt und das Innere Ich beginnt bereits breit zu grinsen. Nach zwei Sätzen tun mir bereits die Finger weh, so anstrengend ist das ungewohnte Halten des Stiftes.
„Nein, es liegt eher daran, dass du total verkrampft bist." Pöbelt das Innere Ich und trinkt das Tintenfass aus.
Missmutig betrachte ich mein Werk und stelle fest, dass selbst ein Erstklässler eine schönere Handschrift hat.

„Da schau an", lacht das Innere Ich mit ganz blauen Lippen, „wenn man die Schreibschrift nicht übt, verlernt man sie doch."

Ich stimme ihm zu: „Zumindest schreibt man nicht mehr so, wie man es in der ersten Klasse gelernt hat, sondern entwickelt seine eigene Handschrift."

Ich nehme mir vor, wieder öfter den Füller in die Hand zu nehmen und ab und zu Freunden einen handgeschriebenen Brief zu schicken. Das habe ich schon lange nicht mehr gemacht (von Grußpostkarten aus dem Urlaub mal abgesehen).

Und eigentlich ist das jammerschade, denn so ein echter Brief ist doch ein großes Geschenk. Er liegt in deinem Postkasten und sagt: Schau her, ich habe an dich gedacht und mir extra für dich Zeit genommen, um dir eine Freude zu machen. Ein Brief, den du mit niemandem teilen musst. Absolut hack-sicher und ohne jegliche Werbung. Ein Juwel der Freundschaft, welches (so man es aufbewahrt) auch noch in hunderten von Jahren existiert. Geistesnahrung zum Anfassen, ohne Strom, dafür mit dem Rascheln von Papier. Vielleicht sind Buchstaben verwischt, weil man etwas Trauriges schrieb und dabei weinte. Vielleicht wurde vor dem Abschicken noch ein Tupfer des Lieblingsparfüms darauf gekleckst. Oder ein Glitzersticker aus dem Poesiealbum auf den Umschlag geklebt? Womöglich ist das Briefpapier am Rand bemalt oder bedruckt. Ein paar Sandkörner als Gruß vom Strandspaziergang im Kuvert?

Ein handgeschriebener Brief sagt dem Empfänger, dass er dem Schreiber unglaublich viel Wert ist, denn er schenkt ihm das Kostbarste im Leben: Seine Zeit.

„Los, komm!" Ruft das Innere Ich. „Lass uns einen Füller und Briefpapier kaufen!"

Am häufigsten nachgefragt…

Ich starre   auf meinen Bildschirm und kann kaum glauben, was ich lese. Auch das Innere Ich wischt sich im Zeitlupentempo die Lakritze aus dem Schnabelwinkel. Es hat ein quietschgelbes Bibo-Sesamstraßenkostüm an und sitzt auf einem verbeulten Fass, welches auf einem Kinderspielplatz steht.

„Das sind also die in Deutschland am meisten nachgefragten Wörter bei Google im Jahr 2016?" Fragt es tonlos. „Im Ernst? Auf Platz drei das Wort `IPhone7`? Das ist nicht mal ein richtiges Wort!" Es schlägt sich mit der flachen Kralle auf die Stirn. Zumindest wollte es das, bleibt aber am Schnabel hängen piekst sich mit der Kralle ins Auge. „Aua!"

Ich deute auf den Bildschirm: „Platz zwei ist auch nicht viel besser. `Pokemon-Go`" Lese ich vor und schüttele den Kopf. „Da toben Kriege und Naturkatastrophen in der Welt, Despoten und Diktatoren halten die Menschen in Atem und was suchen sie bei Google – Pokemon Go... Das nenne ich mal Realitätsflucht."

„Klick mal auf Platz 1." Sagt das Innere Ich.

Ich klicke:„ EM 2016, mit dem link   `So sexy sind Spielerfrauen`." Lesen wir beide gleichzeitig.

„Kann man daraus jetzt schließen, dass sich der Deutsche im Allgemeinen mit seinem Smartphone auf sexistischen Computerspielseiten herumdrückt und   in einer Scheinwelt lebt?" Frage ich.

„Noch gruseliger finde ich den Gedanken, dass es irgendwann eine Trivial-Pursuit-Frage geben wird, in der gefragt wird, welches Wort bei Google 2016 am meisten nachgefragt wurde. Und dann wirst du die Antwort wissen…" Sagt das Innere Ich feixend.

„Guck mal nach, welches Wort weltweit am meisten gesucht wurde." Meint das Innere Ich.

Ich gucke.

„Pokemon-Go." Sage ich dann. „Weltverdummung per Netz."
Ich seufze und schließe diese Seiten.

„Warum habe ich das noch gleich aufgemacht?" Frage ich.
Das Innere Ich grinst breit. „Du wolltest nachschauen, was Bibo aus der Sesamstraße für ein Tier ist. Meine Vermutung, es handele sich um ein Küken hast du nämlich mit dem Hinweis weggefegt, dass ein über zwei Meter großes Küken wohl auszuschließen sei und man diese Erklärung nicht mal amerikanischen Kindern vorgaukeln könne." Es zupft sich an den Federn und zieht die Ringelsocke wieder über den Oberschenkel, die ein wenig abgerutscht war.
Ich recherchiere und referiere freudig: „Bibo ist ein großer, gelber Vogel. Meist spielt er in amerikanischen Straßenszenen der Sesamstraße mit, darum ist er seit 1978 in Deutschland nur noch selten in der Serie zu sehen."
„Ph!" Macht das Innere Ich beleidigt und wechselt das Federkleid in ein Tiffy-Kostüm.

Bangkok

Der erste Flug mit gerade mal 4 Stunden flog uns nach Dubai. Das erste, was einen umhaut, ist die Hitze, das zweite sind die Lichter. Wenn man jede Nacht zwischen 1 Uhr und 1.01 Uhr für eine Minute alle (möglichen, also nicht Notfall-) Lichter ausschalten würde und die gesparten Stromkosten gegen den Hunger in der Welt einsetzte, dann würden bald schon keine Kinder mehr sterben, weil sie nicht genügend zu essen haben. Der

Gedanke kam mir in dieser Nacht, als wir auf dem Dachbalkon unseres Hotels auf dieses bunte Lichtermeer schauten. Noch effektiver wäre es natürlich, wenn alle großen Städte dieser Welt das mitmachten. Stellt euch nur mal die Summen vor, die dann zum Spenden bereitgestellt werden könnten!

Tja, das Innere Ich meinte dann leider, dass genau diese Tatsache die Idee auch schon wieder in die "ist nicht möglich-Ecke" stellt, weil so viel Geld auch "so viel Macht" bedeutet und darum nicht verwirklichbar ist, solange sie in den Händen von Menschen liegt.

Michels Einwand, um meiner (ihr müsst zugeben, genialen Idee zur Lösung des Hungerproblems!) war, dass so ein nächtliches Ausschalten den Glühbirnen nicht gut tut und ihre Lebenszeit dadurch verkürzt würde. Das Innere Ich grinste breit und meinte, dies wäre doch aber ganz wunderbar, denn dies unterstütze doch auch noch die Wirtschaft im Land, wenn die Leute mehr Lampen kaufen müssten! :-) Außerdem könnte man dies umgehen, indem man einfach jeden Tag die Lampen eine Minute später anmacht oder eine Minute früher ausmacht. Dann merkt das noch nicht mal Jemand...

Nun gut, ich werde mich einfach mal spaßeshalber damit an Bono und Bob Geldorf wenden, mal schauen, was die dazu sagen! (Allein ein Antwortschreiben von den Beiden wäre es doch schon Wert!!!)

Am nächsten Tag haben wir uns mit dem Hop on Hop off-Bus die Stadt angeschaut. Die sind ja völlig irre, die Dubaijaner... Aber sehr interessant, das muss ich schon sagen. Und das höchste Gebäude der Welt ist erst riesig groß, wenn man davor steht. Beim Mittagessen direkt darunter haben wir dann (auf Drängen des Inneren Ich`s) ausgerechnet, wie lange es dauern würde vom Absprung an der Spitze bis zum Aufschlag auf dem Parkplatz davor. (Jaja, jetzt fangen die Männer wieder an zu rechnen, kennen wir ja)

Bei Michels Rechnung ist jedenfalls heraus gekommen, dass man 12,9 Sekunden freien Fall genießen kann, bis die endgültige Wahrheit einen unten einholt. Genug Zeit, sich einen Selbstmord unterwegs nochmal zu überlegen - findet das Innere Ich - was allerdings am endgültigen Ergebnis nichts ändern sollte...

Am Sonntag flogen wir dann 6 Stunden weiter nach Bangkok. Unsere Freunde holten uns am Flughafen ab - hier war es auch heiß, doch dazu noch feucht, wie in einer Sauna. Was wir bei unserer Reiseplanung nämlich nicht bedacht hatten: Es ist Monsun-Zeit! Mehrmals am Tag werden dort im Himmel die Regenduschen angestellt und dann gibt es Wasser von oben, in lauwarmer Dusch-Temperatur. Da unsere Freunde einen Pool haben, haben Michel und ich nachts im Monsun gebadet. Das war ein ziemlich cool!

Tagsüber ein bisschen mit dem Klong-Boot die Stadt angeschaut und dann ging es am Donnerstag nach Hua Hin an den Strand. Am Freitag wurde ja Bumiphol beerdigt und da standen die Uhren im ganzen Land still. Eigentlich wollten Michel, Jakob (jetzt mit frischem Tauchschein) und ich ja am Freitag um 6 Uhr zum Tauchen fahren. Als wir bereits im Bus saßen, kam aber die Nachricht, dass ein Sturm aufzieht und darum das Tauchen abgesagt würde. Nunja, sind wir halt wieder zurück zum Hotel gefahren. Aber was machst du denn, morgens um kurz nach 6 Uhr in einem Urlaubshotel?! Wir waren viel zu wach, um uns wieder ins Bett zu legen, denn immerhin sind wir extra früh am Abend vorher ins Bett gegangen, damit wir morgens ausgeschlafen sind.

Michel und ich gönnten uns also richtig wellness-mäßig ein Früh-Schwimmen im pipi-warmen Meer. Romantisch in den Sonnenaufgang schwimmen, die sanften Wellen um uns herum, die schaukelnden Fischerboote, die letzten Runden des Leuchtturmes, der seine warnenden Kegel weit hinaus auf den Ozean wirft... Wir schwammen nebeneinander und warfen uns verliebte Blicke zu. Was für ein herrlich kitschiger Postkartenmoment für die Seele!

Bis es anfing, an meinem rechten Unterarm zu kribbeln. Das Kribbeln wurde innerhalb einer halben Minute zum Brennen und dies steigerte sich von Sekunde zu Sekunde. Obwohl wir sofort das Wasser verließen und ich im Zimmer unter die kalte Dusche hüpfte, vergrößerte das den Schmerz sogar noch. Dunkelrote Schlieren mit kleinen Erhebungen, in welchen sich bald Flüssigkeit sammelte entstanden auf der Haut und es brannte so höllisch, dass ich die Sanitäter-Stadion des Hotels aufsuchte. Dort sagte man mir, dass das Waschen mit Wasser eine ganz doofe Idee war. (Na, vielen Dank!) Und sie tränkten meinen Unterarm in Essig. (Klar, weiß doch jeder, dass man seinen Körper in Essig baden muss, wenn man mit einer Qualle zusammen getroffen ist... herrje, ich wusste nicht mal, dass es dort solche Quallen gab!)

Nun gut, nach dem Essigbad gab es dann ein Gel, das wirkte zumindest so weit, dass nicht mehr die Tränen liefen (und ich bin nicht empfindlich!). Das Brennen flaute dann den Tag über ab, schmerzfrei war ich dann aber tatsächlich erst am nächsten Morgen wieder.

Bis auf dieses unerwünschte Aufeinandertreffen war es aber ein unfallfreier und wirklich wunderschöner erholsamer Urlaub. Gestern Nacht ging es dann in einem 10-Stunden-Flug wieder zurück. Und genau dann merkt man, dass es schon Sinn macht, wenn die Geschäftsleute solch einen Trip in der Business-class fliegen. In der Economy-class, in der wir saßen, ist es einfach zu eng, zu unbequem zum Schlafen! Wir kamen morgens um 4 Uhr völlig gerädert in Istanbul an, fuhren nach Hause und dann schlief jeder in einem separaten Zimmer so lange aus, wie er es brauchte.

Als ich wieder wach wurde, war mein erster Gedanke, ob ich den Urlaub vielleicht nur geträumt habe... :-)

Das Fresco

Eine der Grundlagen der Philosophie ist das Austauschen von Gedanken und das daraus resultierende Weiterentwickeln von Erkenntnissen.

Das Innere Ich rutscht ein Treppengeländer in Hoghwarts rückwärts herunter und ruft: „Es ist ein Grundsatz – keine Grundlage. Eine Grundlage wäre eine Gegebenheit, die erfüllt sein muss, damit am Grundsatz gearbeitet werden kann. Zum Beispiel eine Gruppe Menschen, die sich geistig austauschen, das wäre eine Grundlage." Dann fällt es ins Bodenlose, weil es übersehen hat, dass die Treppe sich gerade dreht...

Ich rolle mit den Augen: Also gut – einer der Grundsätze in der Philosophie ist das Austauschen von Gedanken und das daraus resultierende Weiterentwickeln von Erkenntnissen.

Ich betrachte sehr lange ein Bild von Raffael mit dem Titel „Die Schule von Athen". Auf diesem ist nämlich genau das ganz wunderschön zu sehen. Die Menschen verschiedenster Altersstufen, Männer und Frauen stehen oder sitzen beieinander. Manche erklären, manche zeigen auf Schriftstücke, Bücher oder andere Hilfsmittel. Andere schreiben eifrig mit, wieder andere hören interessiert zu. Das ganze Fresco strahlt einen

unglaublichen Willen zur Veränderung aus. Ein Streben nach Weisheit, ein Teilen der Gedanken. Dieses Bild verkörpert eigentlich alles, für das die Philosophie steht.
Das Innere Ich kommt zurück und hält sich den Hintern mit schmerzverzerrtem Gesicht. Es nimmt sich eine Traube Lakritz und setzt sich mitten in das Fresco auf eine der Marmorstufen. Links neben ihm, halb sitzend – halb liegend, ein älterer Mann mit blauem Umhang und einen Meter rechts neben ihm steht eine Frau in weißen Gewändern.
„Ey, guck mal!" Ruft es. „Die sieht doch aus, wie die Mona Lisa!" Tatsächlich – eine deutliche Ähnlichkeit ist da. Und von der Zeit her passt es auch, denn Raffael malte das Fresco ab 1510 und die Mona Lisa von Da Vinci entstand 1503 – 1505... Hat das eigentlich schon mal Jemand entdeckt?!

Das Innere Ich sinniert noch einen Moment über die Aussage des Bildes nach. „Der Austausch von Wissen und Erkenntnis, Transparenz, Entwicklung und Fortschritt, der Wille zur Veränderung..."
Es stutzt, steckt sich noch eine Lakritz-Traube in den Mund und dann zieht sich ein grinsend-hinterhältiger Ausdruck in seine Züge und es sagt gedehnt:
„Wenn ich mir noch mal auf der Zunge zergehen lasse, für was dieses Bild steht und was es aussagt, warum, zum Henker, befindet sich das berühmte Fresko Raffaels in der päpstlichen Stanza della Signatura des Vatikans???"
Ich muss lachen: „Ich stimme dir zu, denn die Praxis der Katholischen Kirche war weder 1505 noch heute in auch nur einer dieser Aussagen wirklich weit vorne..."

Das Innere Ich blickt nach links, wo am Ende der Treppe zwei Männer stehen und sich über etwas unterhalten, was sie in den Händen halten.
„Moment mal!" Rufe ich erstaunt. „Das sind doch Globen, jeder von ihnen hält einen Globus in der Hand. Hat die

Kirche nicht im Mittelalter gelehrt, die Erde sei eine Scheibe?"

Das Innere Ich gähnt und schüttelt mit dem Kopf: „Das ist eine Legende und die ist nicht wahr. Bereits im 3. Jahrhundert wussten und lehrten schlaue Köpfe, dass die Erde eine Kugel ist. Das Märchen, man hätte im Mittelalter die Scheibe verbreitet, ist erst im 19. Jahrhundert entstanden."

„Streber." Sage ich.

„Bin so`n Typ." Grinst es zurück.

Das liebe Alter

Neulich stand ich vorm Spiegel und wusste nicht so recht, ob es ein Segen ist, dass die Altersweitsichtigkeit bereits eingesetzt hat oder ob es besser wäre, die Falten klar und deutlich sehen zu können...

„Ich erinnere dich nur ungern daran, dass du neulich versucht hast, dir die Wimpern zu tuschen, während du die Brille aufhattest, weil du sie nicht mehr richtig erkennen konntest." Pöbelte das Innere Ich, denn es hatte eine fiese Freude daran, dass dieser Versuch so gar nicht klappen wollte...

Ich nickte ergeben, legte den Make up Schwamm wieder weg und griff stattdessen nach der Nivea-Creme. Die macht nach dem Einziehen wenigstens keine Flecken. Auf dem Markt muss man ja nicht unbedingt geschminkt sein, den Verkäufern ist vermutlich mein Geld wichtiger als mein Aussehen!

Jetzt, mit Ende 40 stellen sich die ersten Zipperlein fast täglich ein. Dieses leise Seufzen beim Aufstehen morgens. Im Bad musste das trendige Duschgel von

„Victorias Secret" der Linola-Körperpflege-Reihe weichen, weil die Haut so fürchterlich trocken geworden ist. Schreckliche Rückenschmerzen, nur, weil ich einen Abend mal High-Heels getragen habe.

„Biste bald mal fertig mit deiner Jammerei? Oder ist das die nächste Alterserscheinung?" Raunzt das Innere Ich und verdreht genervt die Augen.

„Liegt vermutlich daran, dass ich mir bisher mehr oder weniger erfolgreich vormachen konnte, dass ich ja noch gar nicht alt bin." Antworte ich seufzend.

„Und was hat dir die Augen trotz selbstauferlegter Blindheit doch geöffnet?" Fragt es lauernd.

„Vorgestern war Muttertag." Sage ich tonlos. „Und mein Sohn schenkte mir eine Packung Taschentücher von der Firma `Sheepworld`. Die fand ich in den 90gern schon schrecklich kitschig. Die hatten so Artikel wie Tassen und Untersetzer mit der Aufschrift `ohne dich ist alles doof`."

„Und darum findest du dieses Geschenk jetzt doof?" Fragt das Innere Ich.

„Das ist ja das Schlimme. Ich habe mich tatsächlich darüber gefreut." Rufe ich verzweifelt. "Weil jedes Taschentuch mit Blümchen bedruckt ist, ein winkendes Schaf zeigt und die Aufschrift `Mama ist die Beste`!"

„Oha." Stimmt das Innere Ich zu und setzt sich einen Blumenkranz auf den Kopf. „Ich sehe, es ist an der Zeit, jeden Strohhalm zu ergreifen."

Ich nicke, atme tief durch und gehe in das Sanitätsfachgeschäft, vor dem ich gestanden hatte, um mir Einlagen für meine Schuhe zu kaufen.

Echt jetzt???

In einer Seifenkiste sitzend rast das Innere Ich kreuz und quer durch das Internet und spürt skurrile Fakten auf. Diese schreibt es auf eine Tafel und jedes Mal, wenn ein neuer Satz auf der großen Leinwand über der Tribüne erscheint, fangen die Leute dort wild an zu klatschen.

Der letzte Satz:

„Die malerische Kunst war von 1912 – 1948 eine offizielle olympische Disziplin"

Hä? Wer beurteilt dabei denn was? Soviel zur Freiheit der Kunst...

Jetzt erscheint: „Die Stadt Fucking in Österreich hat ihre Ortsschilder in Beton gegossen und tief verankert".

Gut, kann ich mir vorstellen, dass die sonst ziemlich schnell geklaut werden. Aber mal ehrlich – mit dem Namen hat es die Stadt echt nicht leicht...

Der nächste Satz bitte. Das Innere Ich bremst, steigt aus und schreibt:

„Der erste Satz in dem Buch `Drei Männer in einem Boot` ist: `Da waren vier von uns.`"

Witzig! Ich deute auf die Seifenkiste und das Innere Ich, welches (inzwischen hechelnd) wieder zur Tafel läuft.

„Was soll das eigentlich werden?" Frage ich.

Das Innere Ich dreht sich zu mir um und sagt: „Das ist speed-facts-learning. Damit erweitert man den gedanklichen Horizont." Es grinst kurz und fügt schelmisch hinzu: „Außerdem hat man bei der nächsten Party ein paar interessante Themen parat."

Ich nicke begeistert. „Wusstest du, dass Pablo Picasso einer der Hauptverdächtigen war, als die Mona Lisa 1911 aus dem Louvre gestohlen wurde?"

„Klar." Meint das Innere Ich achselzuckend und schreibt den nächsten Satz:

„7000 US-Bürger sterben und 150.000 verschlechtern ihre Gesundheit, aufgrund von unleserlich geschriebenen Rezepten der Ärzte."

Das Innere Ich dreht sich zu mir um und lässt die Kreide sinken. „Das darf doch wohl nicht wahr sein. Die studieren über 6 Jahre lang, kriegen 'ne Menge kohle, sitzen auf einem ziemlich hohen Ross und können dabei nicht mal leserlich schreiben..."
Ja, wo es Recht hat... Ich zucke nur mit den Schultern und warte auf den nächsten Satz.

„Jedes zehnte europäische Kind wird in einem Ikea-Bett geboren."
Na, das ist jetzt nicht gerade eine Sensation...
„Beyonce Knowles ist eine Cousine 4. Grades des Komponisten Gustav Mahler."
Okay, da staune ich, denn die Ähnlichkeit hätte ich jetzt auf den ersten Blick nicht erkannt.

„Rennmäuse sind in der Lage, Adrenalin zu riechen und werden deshalb auf Flughäfen eingesetzt, um Terroristen ausfindig zu machen."
Moooment... Wenn ich ins Flugzeug steige, dann steigt mein Adrenalin auch – nicht, weil ich ein Terrorist bin, sondern weil ich Flugangst habe! Ich mag mir gar nicht vorstellen, wie viele Leute schon wegen ihres Adrenalins verhaftet worden sind...

„Hihi!" Ruft das Innere Ich und schreibt den nächsten Satz: „Sankt Vitus ist der offizielle Schutzpatron der Verschläfer."
Was es alles gibt.....
„Beschneidungen wurden damals schon im alten Ägypten durchgeführt und zwar mit einer hygienischen Steinschere."
„Uah!" Wehre ich ab und klappe schnell den Laptop zu.
„Jetzt reicht es aber mit deinen skurrilen Recherchen! Wie kriege ich die Bilder bloß wieder aus dem Kopf?"
„Kein Problem – geh kochen."

Frühlingserwachen

Das Innere Ich steht mitten in einer Blumenwiese und hat beide Arme empfangend nach oben gestreckt. Es hält das Gesicht der Sonne entgegen und genießt die Wärme auf der Haut. Die Bäume treiben ihre grünen Triebe mit festem Willen aus den wintergedörrten Zweigen und die Vögel übertrumpfen sich in ihrem Balz-Gezwitscher.

Ich sehe ihm eine Weile amüsiert zu. Irgendwann lässt es die Arme sinken und sich selbst wie ein gefällter Baum rücklings in die Wiese fallen. Mit einem breiten Grinsen im Gesicht.

Es sieht mich glücklich an und raunt: „Wusstest du, dass man die positiven Auswirkungen der Sonne auf den Organismus wissenschaftlich erklären kann?"

„Ja." Erwidere ich. „Das weiß ich schon seit Jahren."

„Phhh…" Macht es. „Angeber." (Ich weiß aber, dass dies nicht respektlos gemeint ist, sondern seinen Ursprung im puren Neid über mein Wissen hat.)

„Dann erklär`s doch mal!" Fordert es mich auf.

Ich beginne: „Das Sonnenlicht senkt den Blutdruck und schützt damit das Gehirn."

Das Innere Ich lacht auf: „In deinem Fall schützt es nur diejenigen Zellen, die der Alkohol noch nicht erledigt hat!"

„Sehr witzig." Erwidere ich ironisch. „Nein, im Ernst. Das Geheimnis liegt in den Stickstoffoxiden in unserem Blut. Diese Oxide werden bei vermehrter UVA-Strahlung im Körper ausgeschüttet und senken den Blutdruck. Kann man auch sehen, wenn man sich verdeutlicht, dass in den Ländern, in denen mehr die Sonne scheint, weniger Bluthochdruck-Patienten sind. Die Leute sind einfach entspannter, lässiger und regen sich nicht so sehr auf." Ich finde meine Erklärung total logisch und nachvollziehbar, außerdem ist sie wissenschaftlich belegt.

Das Innere Ich rollt sich auf die Seite und steckt sich einen Grashalm in den Mundwinkel.

„Klar." Sagt es ironisch grinsend. „Darum sind die Südländer auch alle so umgänglich und lassen sich nie aus der Ruhe bringen. Und gelten darum ja auch so gar nicht als aufbrausend oder leidenschaftlich."

Ich tu einfach so, als hätte ich das nicht gehört und fahre fort: „Außerdem haben wir durch vermehrten Sonnen-Konsum einen besseren Schlaf. Jeder kennt das: Nach einem Tag am Strand, wo man eigentlich nichts macht, außer auf einer Liege vor sich hin zu bruzzeln, fällt man am Abend steinmüde ins Bett."

„Da mögen die Cocktails oder der Sangria, den man dabei säuft auch eine Mitschuld tragen..." Wirft es (völlig unqualifiziert) ein. (Es weiß ganz genau, dass ich weder Cocktails, noch Sangria trinke.)

Ich lasse mich nicht beirren: „Sonnenschein macht glücklich! Das ist nun wirklich unumstößlich! Leugne es ja nicht! Ich habe dich vorhin beobachtet! Bei Sonnenschein leben wir auf, es weckt unsere Lebensgeister und gibt uns neue Energie. Von Herbst- und Winterdepression hat jeder schon gehört. Aber von einer Sommerdepression nicht! Die Wissenschaft erklärt das mit einer erhöhten Ausschüttung an Melatonin im Winter. Das drückt auf die Stimmung. Die Sonne regt in unserem Körper im Frühjahr aber dann die Bildung von Serotonin an, welches stimulierend auf unseren Organismus wirkt und das Melatonin verdrängt. Darum werden die Männer im Frühling ja auch so rollig."

„Ähem..." Macht das Innere Ich. „Rollig werden Tiere, wie Katzen, zum Beispiel. Menschen nicht."

„Ist doch nur so ein Ausdruck für erhöhten Paarungs-Drang." Sage ich genervt. „Wirkt bei Frauen übrigens ähnlich. Nur nicht so stark."

Das Innere Ich sucht angestrengt nach Argumenten, findet aber keine. Ich nutze diese Gelegenheit, um nochmal nachzulegen:

„Einen ähnlichen Effekt gibt es, wenn wir Sport treiben, darum fühlen wir uns nach dem Sport zwar erschöpft –

aber eben auch glücklich." Sage ich triumphierend. „Das Ganze ist reine Chemie."

Völlig entspannt befestigt das Innere Ich eine Hängematte zwischen zwei Bäumen, legt sich hinein und fragt: „Und weißt du, was noch glücklicher macht?"
„Nein", erwidere ich ironisch. „Aber du wirst es mir vermutlich trotzdem sagen?"

Es hebt süffisant ein Cocktailglas in die Höhe und sagt genießerisch: „Ganz faul in der Sonne zu liegen macht am aller-glücklichsten!"

Ich gebe auf und sehe mich um. Neben mir sitzen meine Freundinnen Yvonne und Fritzi, wir befinden uns auf Yvonnes Terrasse vor ihrem Pool, in der Sonne, im T-Shirt, barfuß... Jetzt weiß ich, dass es unmöglich sein wird, heute noch zum Sport zu gehen.

„Gut." Sage ich zum Inneren Ich. „Dann werde ich heute auf jeden Fall am aller-glücklichsten."

Großer Name

Das Innere Ich schmökert in einem vergilbten Journal und futtert dabei die Lakritze, die Fritzi in dem Päckchen geschickt hatte. Es stutzt und ruft erstaunt:
„Ja, guck mal! Da denkste, du kennst deine Familie und dann sowas..."
„Was denn?" Frage ich neugierig.
„Wir haben ja eine illustre Namensverwandtschaft: Es war Elias Howe, der die Nähmaschine erfand und sogar den Reißverschluss. Naja, zumindest den Vorläufer.

Damals hieß der noch `automatischer ununterbrochener Kleiderverschluss` und war auch noch etwas komplizierter. Wenn wir den heute an einem Schuh sähen, wüssten wir vermutlich nichts damit anzufangen. Bei der Nähmaschine war er ähnlich misserfolgreich. Er erfand zwar eine Nähmaschine, die geradeaus nähen konnte, die war aber sehr teuer und darum nicht erfolgreich. Er tüftelte weiter daran herum und stellte die Weiterentwicklung irgendwann in London vor. Dort erkannte die Firma Singer das Potential und brachte sie als ihre Erfindung auf den Markt. Erfolgreich. Erst nach einem langen Gerichtsprozess bekam Elias Howe dann Recht und ist damit auch reich geworden."

„Witzig", erwidere ich. „Ich wusste bisher nur von der Firma Howe Bicycles&Tricycles und, dass es in elf Staaten in Amerika Städte gibt, die Howe heißen. In England gibt es nur drei Orte mit diesem Namen."

Das Innere Ich hat eine Lupe in der Hand und sein Sherlock Holmes-Kostüm angelegt und stöbert durch Berühmtheiten mit dem Namen Howe.
Von Schauspielern bis Literaturwissenschaftlern, Sportlern, Dichtern, Politikern, Chemikern, Physikern, Theologen und vielen Berufen mehr ist eine große Bandbreite an Talenten abgedeckt.
„Und wer weiß, ob nicht doch irgendwie irgendwo alle miteinander verwandt sind?!" Ruft das Innere Ich begeistert. „Obwohl, wenn ich mir das so recht überlege, dann bin ich mir nicht sicher, ob ich mit einer Organisationspsychologin verwandt sein möchte. Und auch bei Jeremy Howe scheint mir die Kombination aus `Beamter und Komponist` ein wenig skurril."

Kulturbeutel

Wenn Jemand eine Reise tut... Dann nimmt er in der Regel einen sogenannten Kulturbeutel mit ins Gepäck. Aber warum heißt der Kulturbeutel eigentlich Kulturbeutel?
„Tut er ja gar nicht überall." Weiß das Innere Ich besser. „In manchen Gegenden heißt es auch Waschbeutel, Waschtasche oder Hygienebeutel."
„Jaja, aber was hat das mit Kultur zu tun?" Frage ich wieder.

Mein Sohn Jakob hat da eine Idee: „Wenn man auf Reisen geht, dann erlebt man in der Regel ja andere Orte, andere Kulturen. Der Kulturbeutel ist also ein Reisebegleiter in verschieden Kulturkreise."
„Hm..." Macht das Innere Ich nachdenklich und ist noch nicht so ganz überzeugt davon. Es lässt sich einen langen Bart wachsen, in dem kleine Osterhasen-Glöckchen eingeflochten sind und klingeln, wenn es den Unterkiefer bewegt.
„Lasst uns doch mal den Begriff `Kultur` ein wenig genauer anschauen." Rege ich an.

Das Innere Ich nickt und schlägt einen riesigen Wälzer auf, in dem noch handschriftlich in Schnörkelschrift Worte erklärt und ausgeführt sind.
„Hier!" Ruft es triumphierend und bohrt seinen Fingernagel als Markierung in das Papier. Dann liest es vor: „Kultur kommt von cultura, das heißt `pflegen`. Kultur verwenden wir im Sinne von den Geist pflegen, es kann aber auch bedeuten, den Körper pflegen.
Der Kulturbeutel heißt also so, weil darin Produkte für die Körperpflege aufbewahrt werden."

Guck mal an, wieder ein Rätsel gelöst.
„Könnte man dann die Badewanne als Kultur-Becken betiteln?" Fragt das Innere Ich und sitzt bereits mit

Rüschenhäubchen und Quietsche-Entchen in einem schwarzen Schaumbad. Ich schaue irritiert und es erklärt glücklich: „Lakritz-Bad. Jetzt guck nicht so, es gibt ja schließlich auch Schokoladen-Seife." Dann muss es in den Schaum niesen und macht eine riesige Sauerei. Mit Blick auf die Dusche sagt es näselnd: „Das ist ab heute eine Kultur-Kammer!"

Ich muss grinsen: „Dann darf die Schwimmanstalt also nur noch Kultur-Anstalt heißen oder vielleicht Kultur-Halle?"

„Jepp!" Bestätigt es. „Gibst du mir bitte mal das Kultur-Tuch?"

Ich gebe ihm das Badehandtuch und frage: „Möchtest du auch ein Kultur-Produkt zum Einreiben? Ich hätte da eine ganze Kultur-Serie im Angebot."

Das Innere ich winkt gelassen ab. „Lieber nicht." Meint es und grinst. „Sonst bekomme ich noch einen Kultur-Schock."

Gesetze

Das Innere Ich sitzt an einem Tresen. Lounge-Musik im Hintergrund, die Beleuchtung ist dezent. Dahinter ein Barkeeper, welcher Gläser spült, sie konzentriert abtrocknet und anschließend gegen das Licht hält, um Schlieren darauf ausfindig zu machen.

Das Innere Ich setzt sich kerzengerade hin, schaut ihn aus vernebelten Augen an und deklariert:

„Die Wahrheit liegt im Wein! Das heißt, in unseren Tagen muss man betrunken sein, um Lust zu haben, die Wahrheit zu sagen."

Es wartet einen Augenblick, doch der Barkeeper wienert völlig unbeeindruckt die Gläser weiter und schenkt seinem Gast nur ein höfliches Lächeln.

„Bist du betrunken?" Frage ich.
„Niemals!" Entrüstet sich das Innere Ich und versteckt das Weinglas in einer schwungvollen Bewegung hinter seinem Rücken. „Und du?"
„Keinesfalls!" Echauffiere ich mich lallend und stelle mein Weinglas direkt ab.

Es zeigt mit dem Zeigefinger auf die Computertastatur und sinniert: „Mit Alkohol im Blut sollte man keine Geschichten schreiben. Da kommt nur..." Es sucht nach Worten, findet aber keine. „ Kommt nur Kacke bei raus."
Ich lache: „Haha! Von wegen `die Wahrheit liegt im Wein`, was?"
Habe ich es mal erwischt! Was für ein schönes Gefühl der Überlegenheit!

Das Innere Ich zieht unter seinem Hintern ein in Leder eingebundenes Buch hervor, auf dem vorn ein dickes, dunkles Paragraphen-Zeichen zu sehen ist.
„Paragraph 1, Absatz 1", liest es mit wichtiger Stimme vor. „Es ist verboten, dem Inneren Ich überlegen zu sein, es zu täuschen, anzulügen oder zu verspotten!"

„Das hast du dir ausgedacht." Sage ich überzeugt.
„Woher weißt du das?" Fragt es überrascht.
„Weil du das Buch falsch herum hältst." Antworte ich, stehe auf und wanke auf die Toilette. Als ich wiederkomme, blättert es interessiert in den Gesetzestexten.
„Guck mal!" Ruft es begeistert und mit leuchtend roten Wangen. „In Belgien gibt es ein Gesetz, wenn ein Autofahrer trotz Gegenverkehr wenden will oder muss, hat er solange Vorfahrt, bis er die Geschwindigkeit verringert oder anhält."

„Hui!" Erwidere ich. „Und dieses Gesetz zu kontrollieren obliegt vermutlich dem Sportminister?"

„Quatsch." Sagt es. „Das Gesetzt gibt's wirklich." Es hält dem Barkeeper sein Glas hin: „Schenk nochmal Spaßwasser ein." Grinst es.

Währenddessen schaue ich in das Buch. „Australien: Sex mit einem Känguru ist nur erlaubt, wenn man betrunken ist."

Das Innere Ich hat ein Känguru-Kostüm an und starrt mich mit aufgerissenen Augen an. „Ey! Komm nich auf dumme Gedanken!"

Ich beachte es nicht und lese weiter: „China: Ertrinkende Menschen dürfen nicht gerettet werden, weil dies ein Eingriff in ihr Schicksal wäre." Ich kratze mich am Ohr. „Da fällt mir das Schild ein, das in China an einem See im Park stand. Die englische Übersetzung stand da folgendermaßen: `Take your child and fall into water carefully` ."

Das Innere Ich gluckst. „Eine versteckte Aufforderung zum Massensuizid? Was haben wir denn da noch? Aha: Israel: Samstags ist das Ausdrücken von Pickeln auf der Nase verboten."

„Aber die am Hintern darf man?" Frage ich ketzerisch.

„Keine Frau darf in einem Badeanzug einen Highway des Staates Kentucky betreten, wenn sie nicht von mindestens zwei Polizisten eskortiert wird oder sich mit einem Knüppel bewaffnet hat. Dieses Gesetz tritt nicht in Kraft, wenn die Frau entweder weniger als 90 oder mehr als 200 Pfund wiegt." Liest das Innere Ich fassungslos vor und uns Beiden fehlen einen Moment die Worte. Wir erheben synchron unser Glas und spülen dieses Gesetz tonlos hinunter

Beim nächsten Gesetz müssen wir kichern: „In Kirkland, Illinois, ist es Bienen verboten, über das Dorf oder durch die Straßen zu fliegen. – Da wäre ich mal auf die Strafverfolgung gespannt!" Sage ich.

Das Innere Ich hat ein Biene-Maya-Kostüm an und jetzt Honigwein in seinem Glas. Es tut so, als ob das völlig selbstverständlich ist und tippt mit dem Zeigefinger auf das nächste Gesetz: „Manchmal frage ich mich, wie so ein Gesetz überhaupt zustande kam: In Devon, Connecticut, ist rückwärts laufen nach Sonnenuntergang verboten. Und dann gibt es Andere, die einem doch plausibel vorkommen: Laut einem alten Gesetz in Memphis, Tennessee dürfen Frauen nur ein Auto lenken, wenn ein Mann vor dem Auto herläuft und zur Warnung von Fußgängern und anderen Autofahrern eine rote Fahne schwenkt."

„Das meinst du jetzt nicht ernst!" Rufe ich empört.
„Weiß nich." Grinst es breit und leert seinen Methumpen in einem Zug.

„Hier:" Ich zeige auf die nächste Seite. „Das ist doch mal löblich: In Detroit, Michigan ist es Männern gesetzlich verboten, ihre Frauen an Sonntagen böse anzuschauen."

Das Innere Ich hat plötzlich ganz feuchte Augen. „Weißt du was fürchterlich traurig ist?" Sagt es mit zitternder Stimme. „Das es für alle diese verrückten Gesetze tatsächlich mal einen Grund gegeben haben muss, warum man sie eingeführt hat."

Bevor es aber in einer Flut aus Tränen sich dem weiteren Rausch hingibt erwidere ich: „Das Schöne an Gesetzen ist aber auch, dass man sie brechen kann, wenn man gewillt ist, die Konsequenzen zu tragen!"

Glück

Ja, mit dem Glück ist es so eine Sache. Menschen ersehnen das Glück, mehr als das Geld und durch das ganze Sehnen bemerken sie es nicht, weil es eigentlich die ganze Zeit um sie herum ist und darauf wartet, gestreichelt zu werden. So viele, viele Leute suchen die ganze Zeit danach, doch sie sehen nicht, dass es die ganze Zeit neben ihnen her geht. Sie geben immens Geld aus, um das zu bekommen, was sie eigentlich doch schon haben. Aber es ist ihnen nicht genug, weil es nicht "neu" ist.

Schwierig, in Worten zu beschreiben, lasst es mich so versuchen: Jeder kennt diese Momente, wo es einem total gut geht. Alles passt, nichts könnte schöner oder besser sein. Der perfekte Moment, wo das Unterbewusstsein sagt: "Jetzt bin ich einfach wunschlos glücklich!" oder "In diesem Moment passt alles, ich möchte nirgends anders sein und in keiner anderen Begleitung, jetzt gerade ist es perfekt".

Es ist dies aber eben nur ein Moment. Und Zeit hat die unangenehme Eigenschaft, nicht einfach stehen zu bleiben. Sie läuft ungehemmt und unbestechlich weiter. Nicht beeinflussbar, nicht zu stoppen. Und Jeder weiß: Dieser perfekte Moment ist vergänglich. Wenn ich morgen aufwache, dann ist er vorbei, denn er kann nicht in Gläser oder Dosen konserviert werden. Nicht festgehalten.

Der Grund, warum so viele Menschen das Glück nicht sehen ist schlicht, weil sie das Unmögliche versuchen. Sie zücken ihr Schmartphone (absichtlich falsch geschrieben!) und machen Unmengen von Bildern, die sie dann verschicken, sich aber selbst nie ansehen. Statt Erinnerungen zu schaffen, indem sie den Moment in sich selbst genießen, versuchen sie es zu konservieren, obwohl sie wissen, dass dies unmöglich ist. Aus der ureigensten Angst vor dem Vergänglichen. Aus der Angst heraus, dass morgen alles weg ist. Dass man selbst irgendwann weg ist und vor allem: Dass man vergessen wird und all diese perfekten Momente dann mit uns ins Vergessen gehen.

Dabei übersehen sie selbst aber etwas ganz Entscheidendes! Diese perfekten Momente, die sind nicht für die Nachwelt, sondern nur und ausschließlich für uns und unser Leben hier bestimmt. Sie sollen nichts mehr sein, als dieser eine, kleine, perfekte Moment. Damit wir uns in diesem Moment daran erfreuen und ihn in unserer eigenen Erinnerung mit uns durchs Leben tragen. Nicht mehr - aber auch nicht weniger.
Man kann und sollte diese Momente nicht teilen mit Menschen, die nicht dabei waren. Denn diese können es schlichtweg nicht - Kunststück, sie waren ja nicht dabei...
Man kann sie erzählen, ja - aber sie werden es trotzdem nicht teilen können, denn der Moment ist ja schon vergangen.
Man kann es eben nur genießen und das sollte man mit ganzer Seele tun und mit ganzem Herzen und überhaupt mit allem, was man hat! Und dann, ja, nur dann, hat man diesen perfekten Moment in seinem Leben wirklich gelebt.

Und ist denn nicht der Sinn des Lebens das Leben selbst?

Mein Freund, der Pfarrer hatte mir bei einem unserer Mittagessen süffisant gesagt: "Man kann Sinn nicht machen, es kann nur etwas Sinn haben oder ergeben."
Ja, aus theologischer Sicht gebe ich ihm Recht. Aber wenn man seinem Leben einen Sinn geben möchte, dann muss man ihn schließlich auch machen können, denn sonst könnte man es nicht in dieses Leben geben - oder? Wäre der Sinn nämlich gottgegeben, dann hätten wir nicht den freien Willen und damit keine Chance, unserem Leben einen eigenen Sinn zu geben. Dann

wäre Jeder von uns von oben fremdgesteuert und nix ist mit "freiem Willen". Er ist an diesem Tag, wie er sagte: "Mit vielen, für mich innerlich noch nicht beantworteten Fragen, über die ich noch lange nachdenken muss!" wieder gegangen. Ich weiß nicht, ob er darüber nachgedacht hat. Ich habe das Thema nie wieder angesprochen. Aber in meinem letzten Buch "Das Innere Ich" eine Geschichte dazu gemacht. Vielleicht liest er es irgendwann und erinnert sich daran...

Weil wir es uns wert sind!

Ich gehöre zu der aussterbenden Art der Fernsehzuschauer, die dauerhaft einen einzigen Sender schauen können, ohne zwischendurch auf einen anderen Kanal umzuschalten. Ja, ich schalte bei den Öffentlich Rechtlichen nicht einmal im Werbeblock weg. Meist erledige ich in dieser Zeit dann den einen oder Anderen Gang, zum Beispiel zur Toilette oder Lakritze holen.

Als ich von einem solchen Gang eines Nachmittags zurück kam und mich wieder gemütlich aufs Sofa räkelte, flimmerte Jane Fonda über den 55-Zoll-Bildschirm. Die Dame ist ja nun auch nicht mehr die Jüngste, trotzdem erstrahlte ihr Gesicht in makelloser Schönheit und selbstverständlich mit nur ganz wenigen Falten – nunja, nennen wir sie vielleicht „Fältchen".

„Klar," vermutete das Innere Ich „Weichzeichner drüber und schon ist der Jungbrunnen perfekt!" Ich gebe ihm nickend recht.

Lächelnd macht sie uns Mut, die rosa Creme würde die vom Alter oder Stress graue Haut im Nu wieder jung und

lebendig erstrahlen lassen. Natürlich hochwertig und aus irgendwelchen seltenen Perlen und Pflanzen...
Das Innere Ich kichterte: „Daheim benutzt die bestimmt einfach nur Nivea."

Das Filmchen endet mit einer vitalen und selbstsicheren Kopfbewegung, als hätte Frau Fonda sich bereits abgewendet und wolle uns nun (quasi über die Schulter, so unter uns Freundinnen) noch ihre ultimative Begründung für Luxuskäufe mitteilen: „Komplimente garantiert!" Rief sie gut gelaunt und setzte fest hinterher: „Weil wir es uns sowas von Wert sind!"
Ich vergaß diese Werbung innerhalb der nächsten Sekunden wieder. Sechs Wochen später jedoch stand ich in der Drogerie, um einige Dinge von meinem Einkaufszettel zu besorgen. Und plötzlich stand ich genau auf Augenhöhe genau dieser Creme gegenüber. Das Innere Ich sah Jane Fonda merkwürdiger Weise auf einmal verblüffend ähnlich, warf in gleicher Weise den Kopf in meine Richtung und rief: „Komplimente garantiert!"

Irgendwie habe ich auch das Innere Ich im Verdacht, denn als ich daheim die Einkäufe auspackte, hielt ich zu meiner Verwunderung die Fonda-Creme in den Händen. Ein Blick auf den Einkaufszettel bestätigte den Kauf. „Was?" Rief ich aus. „Das Zeug hat 15 Euro gekostet?" Grimmig schaute ich mein Spiegelbild an und murrte: „Wehe, die hält nicht, was sie verspricht!"
Witziger Weise bekomme ich, seitdem ich diese Geschichte erzählt habe, plötzlich ständig Komplimente!

Tragik im Alltag

Ich stapfe mit dem Rucksack auf dem Rücken durch den Schnee zum Supermarkt. Einer der Guards räumt eine überfahrene Katze von der Fahrbahn.
"Tragisch." Sagt das Innere Ich mitleidig. "Aber wegen der vielen wilden Katzen leider Alltag."
Ich stimme zu und erinnere mich: "Weißt du noch, wir haben mit Michel mal ein Gedicht gefext über die Tragik im Alltag. Als wir abends mit einem Glas Rotwein im Garten saßen und nur Unfug im Kopf hatten."

Das Innere Ich lacht und schlägt einen in dunkles Leder eingebundenen Gedichtband auf. Es sitzt im Schneidersitz auf einem großen Kissen und hinter ihm lodert das Kaminfeuer. Auf dem Kopf trägt es so etwas wie eine Narrenkappe. Umständlich setzt es eine Nickelbrille auf die Nase und liest vor:

"Ein Mann stand an der Haltestelle,

der Bus war halt noch nicht zu Stelle.

Ein Dichter war's, ein recht bekannter,

Neben ihm, 'ne Frau, die kannt' er.

Die Hella war's, war nicht ganz helle,

spielte das Horn in 'ner Kapelle.

Sie roch so sehr nach Knoblauchbrot,

da hat der Dichter seine Not.

Er muss sich schier zum Atmen zwingen,

versucht nach frischer Luft zu ringen.

Ein Schritt nach vorn' – er sieht schon rot,

da kam der Bus, der Mann ist tot."

Das weitgereiste Buch

Es ist kein Geheimnis, dass ich mit den Büchern, auf denen mein Name steht, nicht wirklich Geld verdiene. Denn durch die Tatsache, dass ich in einem Selbstverlag drucken lasse, zahle ich für das Setzen und Drucken mehr, als ich durch den Verkauf der Bücher wieder hereinbekomme.

„Vor allem, wenn sich die Leute dein Buch gegenseitig ausleihen, statt eines zu kaufen oder du die Dinger verschenkst!" Mault das Innere Ich. Es hatte sich in seiner grenzenlosen Selbstüberschätzung bereits Autogramme gebend auf der Frankfurter Buchmesse gesehen, neben einem Aufsteller über dem „Bestseller" stand...

„Das gehört überhaupt nicht hierher." Zischt es ärgerlich und verzieht sich schmollend.

Das letzte Exemplar des Buches mit dem Titel „Das Innere Ich", welches ich selbst daheim stehen hatte (die Anderen habe ich tatsächlich verschenkt...) wurde dann aber verliehen, weil ein Arbeitskollege von Michel Interesse daran zeigte. Also gab ich es ihm mit und bat darum, es nach dem Sichten der Lektüre doch bitte an mich zurück zu geben.

Das war der Moment, an dem das kleine, rote Buch auf Reisen ging.

Das Innere Ich steht in Istanbul an der Tür und winkt dem Büchlein in der Tasche des Herrn mit einem weißen Taschentuch und Tränen in den Augen hinterher. (Es hatte schon immer einen Faible für kitschig-romantische Momente...)

Damals wusste ich nicht, dass es viele Monate werden würden, ehe das Büchlein wieder zu mir zurück fand – und zwar in London!

Aber fangen wir von vorn an: Unser Freund hatte das Buch in seinen Trolley gesteckt, um es im Flugzeug zu lesen, denn er war und ist beruflich viel auf Reisen. Nun ist ein Expatriate (Menschen, welche durch die Firmen für einige Zeit ins Ausland geschickt werden) ein Wesen, welches den Trolley viel benutzt, weswegen dieses Gepäckstück nicht ständig ausgepackt wird. Dinge wie Zahnbürste und Rasierer bleiben da einfach für die nächste Reise darin, verschiedene Umschläge mit Geldscheinen unterschiedlichster Länder ebenfalls.

(Ist nämlich blöd, wenn man nachts in einem Hotel ankommt und hat kein Trinkgeld für den Mann, der einem das Gepäck ins Zimmer gebracht hat...)

Außerdem beinhaltet der Trolley das mobile Büro, also Laptop und Ladekabel, Mobiltelefon, außerdem Kopfhörer für den Flieger, Pass und Portemonnaie, Ohrstöpsel und ein kleines Nähset, falls ein Knopf vom Hemd abfällt. (In meinem Handgepäck ist außerdem ein Schlafanzug und eine frische Unterhose, falls mein Koffer mal nicht am Zielort ankommt.)

Der Trolley ist für einen Expat wie die Hupe für den indischen Straßenverkehrsteilnehmer – das Eine ist ohne das andere nicht denkbar.

Er ist stiller, verlässlicher Utensilienverwahrer, der nie müde wird. Passt in jedes Flugzeug-Gepäckfach, lässt sich mühelos durch das Gedränge überfüllter Flughafengänge manövrieren und hält dabei immer die Schrittgeschwindigkeit, erträgt jede noch so miese Laune, Zeitumstellung und Klimaveränderung, jammert und widerspricht nie.

Er hat keine Wünsche, keine Ansprüche und braucht keine Zeit im Badezimmer. Und dazu kostet er am Flughafen nicht mal extra!

Er ist weltoffen, weitgereist und per Du mit den Lounges der großen Transfer-Gebäude. Er ist das Vertraute, was neben fremden Hotelbetten steht und geduldig wartet, bis der Expat zum Weckerklingeln aufsteht. Kurz gesagt: Die perfekte und wichtigste Reisebegleitung, auf die nicht mal die Ehefrau eifersüchtig ist.

So – und in genau diesen Trolley hat unser Freund das Buch gesteckt. Weil aber der Herr auch unterwegs viel arbeitet, wurden die Geschichten in Etappen gelesen, wenn er zwischendurch mal Ablenkung wollte oder zum Einschlafen. Oder zum Laune aufbessern oder auch nur, wenn er gerade Lust dazu hatte. Und so reiste die kleine, rote Lektüre mit dem übermütigen Inneren Ich durch die Welt. Nach Sydney, Brisbane, Singapur, Sankt Petersburg, Hong Kong, München, Istanbul, um nur einige Städte zu nennen.

Während ich in Istanbul saß und mir vorstellte, wo das Buch wohl jetzt gerade ist, sammelte es Flugmeilen, mit denen es irgendwann die schwarze „Miles&Smiles- Elite plus" Karte erworben hat.

Nunja, nicht das Buch selbst – aber in gewisser Weise müsste man sie der Geschichtensammlung ebenso zugestehen, wie dem Mann, der am Schalter eingecheckt hat, denn immerhin war es stets an seiner Seite!

Zwischendurch habe ich mit dem Mann einige E-Mails ausgetauscht und hatten vor, die Rückgabe mit einem Besuch im Steakhouse zu verknüpfen. Dazu kam es leider nicht, weil wir sehr kurzfristig nach Indien aufbrachen und gar nicht mehr nach Istanbul zurückkehrten.

Damit das Büchlein doch noch den Weg zu mir fand, gab er es meinem Mann mit und dieser übergab es mir, als wir uns in London trafen. Mit einem Brief, welcher zwischen der ersten und zweiten Seite lag. Darin steht:

„3.8.18 Als Beleg anbei mit dem Buch zusammen gab es die `Schwarze`," Und darunter die Kopie der Miles&Smiles-Elite-Plus-Karte. Außerdem ein Umschlag mit den vielen Flugtickets, die die Odyssee eines der meistgereisten Bücher unserer Zeit belegen! Und vermutlich das Einzige, welches mit dieser Karte ausgezeichnet wurde…

Und so ist das kleine, rote Buch nun selbst zu einer Geschichte für eine neue Geschichtensammlung geworden.

Und Tschüß!

Das Leben im Ausland ist spannend und fordernd. Man erlebt sehr viel und muss kreativ und ein Meister der Improvisation sein, um sich überall wohl fühlen zu können. Und immer, wenn man sicher in seinem Alltag geworden ist, Freunde gefunden hat und die Sprache einigermaßen beherrscht, geht es wieder weiter in ein anderes Land…
Diesmal wird es für uns Indien. Na, dann! Auf in ein neues Abendteuer!

Indien!

Wir sind ja in Sachen Umzug ins Ausland schon einiges gewöhnt aber einen solchen Blitzstart gab es noch nicht. Jakob und ich waren bereits mit dem Auto auf dem Weg in den Sommerurlaub. Von Istanbul aus über Griechenland und Italien nach Giengen haben wir uns 10 Tage Zeit genommen und einige Städte auf dem Weg angeschaut. Kurz bevor wir Deutschland erreichten, erhielt ich einen Anruf von meinem Mann, der mir mitteilte, dass wir uns in Giengen gerade mal zwei Tage erholen könnten und dann müssten wir zu einem „Look-and-see-Trip" nach Indien aufbrechen. Aha. Indien also. Na, dann...

Mal eben spontan nach Indien ist zwar abenteuerlich aber auch sehr anstrengend wegen den langen Flügen und der Zeitverschiebung. Trotzdem haben wir in den wenigen Tagen in Bangalore ein neues Haus zum Wohnen gefunden und eine Schule für den Jakob. Wenige Wochen später stellte sich heraus, dass es von Michels Arbeit und auch wegen Jakobs Schule notwendig war, so schnell wie möglich umzuziehen und darum sind Jakob und ich aus unserem Sommerurlaub gar nicht mehr „nach Hause" nach Istanbul gekommen. Das nenne ich mal einen „Quick-Start!"

Die ersten zwei Wochen wohnten wir in einem Hotel über einer Mall in Whitefield, Bangalore. Dort konnten wir uns erst einmal an die Zeit und das Klima gewöhnen und die ersten, vorsichtigen Schritte in dem neuen Land machen, das so ganz anders ist, als die Länder, in denen wir bereits zuhause waren.

Ganz erstaunlich, was sich innerhalb von zwei Wochen alles in einem Hotelzimmer ansammelt! Zutage tritt es dann in der Stunde des Kofferpackens...

Da wir ohnehin mehr Gepäck dabei hatten, als man für einen zweiwöchigen Urlaub benötigt, sieht das Zimmer jetzt aus, als hätten wir zwei Jahre hier gewohnt!

In einer Stunde werden wir abgeholt und dann geht es in den Bunker, so nennen wir unser neues Domizil liebevoll, denn von der Straßenansicht erblickt man nur eine dunkle Granitfassade mit einem ca. 40 cm hohen aber dafür drei Meter breitem Fenster. Innen ist es aber durch viel Glas und einer raffinierten Architektur ganz leicht und hell.

Da der Container in Istanbul erst in zwei Wochen gepackt wird, haben wir uns von einer Firma Möbel für drei Monate geliehen, damit wir nicht die ganze Zeit auf der Isomatte schlafen müssen und man zum Essen auf Stühlen sitzen kann. Das hat schon einen enormen Wohlfühlbonus!

Mal schauen, ob das mit dem Internet funktioniert. Bestellen und Erscheinen sind zwei unterschiedliche Dinge und ob das dann alles auch so kompatibel ist…

Wir hatten ja gar nicht auf dem Schirm, dass es hier ja nur englische Steckdosen gibt und unsere Geräte nur mittels eines Adapters angeschlossen werden können. Das sind so die kleinen Hürden des Alltags, über die man nach und nach so klettern muss…

Gestern Abend, zum Beispiel: Wir waren in einem Themenrestaurant, dem „Black Pearl". Ein ganz toller Laden mit Piratendeko, wohin man schaut. Das Personal ist natürlich auch verkleidet und das ganze Restaurant sieht aus wie ein Schiff. Das Essen war dann eine regelrechte Fleisch-Orgie! Man bekommt einen kleinen Tischgrill und ständig kommt ein Kellner (äh, Pirat, natürlich) vorbei und bringt Spieße oder gegrilltes Irgendwas (Kartoffeln, Mais, Pilze…). Und alles scharf. Uns hat irgendwann nicht nur der Magen wegen Überfüllung die rote Karte gezeigt, sondern auch der Mund, weil es so gebrannt hat.

Erst hinterher haben wir mitbekommen, dass das nur die Vorspeisen waren! Das Buffet, an dem man sich bedienen kann und an dem auch Speisen stehen, an denen ein europäischer Gaumen Freude hat und die auch mal ohne Fleisch sind, steht in einem Nebenraum... Tjoa, so waren wir mit unter 10 Euro pro Person (incl. Getränken) **pappensatt.** ☐

Michel hatte den Fahrer nach unserer Ankunft nach Hause geschickt, weil er ihn seit dem Vormittag kutschiert hatte. Als wir uns nach dem Essen ein Taxi holen wollten, stellte sich das allerdings als schwierig heraus. Es gab nämlich keine. Die Dame am Empfang des Restaurants nickte und sagte: „Ja, abends ist es sehr schwer in Bangalore ein Taxi zu bekommen. Sie müssen sehr lange warten, bis überhaupt eines unterwegs ist und dann muss es ja erst noch durch den vielen Stau ankommen."
Daraufhin hatte ich die Idee, doch einfach ein Tuck-Tuck zu chartern. Der würde sich doch über die Strecke von 8 km freuen. Gesagt – getan und nachdem ich den Fahrer von gewollten 500 auf 350 Rupeen herunter gehandelt hatte, zwängten wir uns zu Dritt in das Gefährt.
Und los ging die wilde Fahrt. Vergesst jede Achterbahn! Unser Fahrer war so beseelt, uns schnell ans Ziel zu bringen, dass er gar nicht erst die große, breite, asphaltierte Straße nahm, sondern mit uns durch die Wohngebiete tobte, welche teilweise nicht mal Teer auf den Wegen hatten und Schlaglöcher, in denen man sich problemlos verstecken konnte. Einmal hätten wir fast eine Kuh umgefahren – sie war schwarz und durch fehlende Straßenbeleuchtung (welche Straße???) einfach nicht zu sehen. Die „Lichter" unseres grün-gelben Gruselbahn-Wagens hatten auch eher eine Alibi-Funktion und leuchteten nicht wirklich. Mir brach schon nach kurzer Zeit der Angstschweiß aus und auch der ein oder andere spitze Schreckensschrei entfloh meinen Lippen. Meine Männer allerdings hatten mächtig Spaß während dieser Fahrt und auch dem Fahrer vor mir zuckten ab und zu verräterisch die Schultern, weil er sich ein Lachen offenbar nicht verdrücken konnte.

Während wir mit dem Auto auf der Hinfahrt fast eine Stunde durch den dichten Verkehr gegurkt waren, brauchte unser Kamikaze-Tuck-Tuck lediglich eine knappe halbe Stunde bis zum Hotel. Was für eine Fahrt!!! Völlig nassgeschwitzt und auch ziemlich aufgelöst kam ich am Hotel an und war noch nie so froh, heile zu sein...

Rote Bananen

Wenn man in ein neues Land zieht, dann beginnt man die ersten Schritte meist durch die hiesigen Supermärkte, um zu sehen, was es alles zu kaufen gibt oder auch nicht. In der Türkei gab es zum Beispiel kein Schweinefleisch, Sauerkraut oder fertigen Rotkohl in den Läden. Hier habe ich in der Metro zwar schon Bratwürstchen gefunden, die auch wirklich gut waren, allerdings kann man kein Rindfleisch kaufen, da die Kuh ja nun heilig ist – und wer verspeist schon seinen Gott?!
Ansonsten habe ich aber in den normalen Supermärkten auch kein Schwein gefunden. Es gibt Huhn, Lamm und Fisch. Und natürlich Tofu! Und damit kann man eine ganze Menge leckerer Sachen kochen, wir werden also kulinarisch nicht leiden. Westlichen Käse muss man lange suchen, gibt es aber. Man muss nur sicher sein, dass man so viel Geld dafür ausgeben möchte. 85 g geriebener Parmesan kostet nämlich schlappe 10 Euro!
Und dann gibt es da ja noch diverse Früchte und Gemüse, die ich erst mal testen muss. Die kleinen Artischocken stellten sich denn doch als frische Lotusfrüchte heraus und heute habe ich rote Bananen gegessen. Erst dachte ich, es wäre eine Kreuzung zwischen Banane und Mango, weil sie so fruchtig und

intensiv schmeckte – bisher hatte ich von der Existenz roter Bananen keinen Schimmer.

Ich scharre schon mit den Füßen, um endlich in das Haus zu ziehen, damit ich kochen kann!!!

Was es hier nicht gibt ist Instand-Gemüsebrühe. Es gibt Gewürzmischungen in hunderten verschiedener Geschmacksrichtungen, nur Brühe gibt es nicht. Dann werde ich die eben selber kochen und portionsweise einfrieren, hat man früher schließlich auch gemacht. Und Lakritze muss natürlich auch wieder eingeflogen werden. Ich verstehe partout nicht, wie so viele Menschen ohne das schwarze Gaumengold durchs Leben kommen!

Alles auf Anfang

.Am Samstagnachmittag war es dann soweit und wir sind vom Hotel in das neue Haus gezogen. Ganz kahl und ohne Möbel fühlt sich ein Einzug einigermaßen mickrig an. Zum Glück hatte Michel aus Istanbul bereits ein bisschen Geschirr mitgebracht, damit wir uns für die ersten Wochen nicht schon wieder Tassen, Teller und Gläser kaufen müssen, unser Bestand ist nach drei Auslandseinsätzen ohnehin schon groß...

Ein paar Möbel haben wir uns bei einer Firma für ein paar Monate ausgeliehen, so dass wir nicht auf dem Boden essen müssen und in richtigen Betten schlafen können.

Wenn man kein Internet hat, merkt man erst mal, wie oft man es benutzt... Schnell mal eben etwas nachgeschaut oder eine kurze Notiz verschickt - ist halt jetzt grad nicht.

Statt dessen geben sich die Handwerker die Klinke in die Hand. Gestern die Möbelpacker, dann Leute, die neue Fliegennetze an die Fenster getackert haben. Heute

Morgen kamen die Herren, die die Gardinen und Vorhängen anbrachten, der Gasmann und eine Firma, die mir das neue Internet installieren soll (juchu!) und natürlich die Poolboys, die jeden Tag mit ihrem langen Kescher auftauchen und die Blätter aus dem Wasser fischen, die Pooltechnik überprüfen und Filter saubermachen.

Die Verständigung ist zuweilen schwierig, weil das indische Englisch dem Eigentlichen nicht mehr wirklich ähnlich ist und ich die Männer oft überhaupt nicht verstehe! Sie stehen mir dann gegenüber und wackeln mit den Köpfen, während ich mich noch frage, was sie eigentlich von mir wollen. Aber da die ja von irgendwem einen Auftrag bekommen haben müssen und das, was sie tun sollen in der Regel zu meinen Gunsten ist, sage ich einfach den ganzen Tag über: „Okay." - Noch habe ich keinen Rasenmäher damit gekauft... Außerdem ist es natürlich meine Aufgabe, die Herren mit Fanta zu beglücken (es ist ja sehr warm...) und sie ab und zu ermunternd anzuschauen.

Und wieder wird die Uhr auf Anfang gestellt. Wieder müssen wir lernen, wer für was verantwortlich ist. Wo man was bekommt und wie man sich richtig im Alltag verhält. Ist das nicht spannend, dass man nicht sagen kann, was in den nächsten drei Jahren so passiert?!

Heute Morgen kam beim Duschen nur kaltes Wasser. Na gut, sauber wird man dabei auch aber Haare waschen macht mit warmen Wasser deutlich mehr Freude. Mal gucken, ob ich heute noch unseren Herrn Wichtel (Hausmeister vom Compount) erwische.

Ich freue mich ja, dass mir hier eine Putzhilfe zur Seite gestellt wird. Die erste Frau, die an der Tür klingelte und sich vorstellte, hatte direkt eine Bewerbungsmappe dabei und wies ausdrücklich darauf hin, wie oft sie für ausländische Familien bereits gearbeitet hätte und wie zufrieden immer alle mit ihr gewesen wären. Und dann nannte sie einen Preis, der mir für Bangalore doch etwas überzogen erschien.

„Das zahlen alle hier und außerdem bekomme ich Weihnachten ein zusätzliches Gehalt und 18000 Rupeen für die Krankenversicherung." Erklärte sie mir mit einem ziemlich festen und ziemlich autoritärem Gesichtsausdruck. Himmel, vor der kann man ja Angst bekommen!

Und bevor ich Luft holen und eine Erwiderung beginnen konnte, legte sie nach: „Ich bin ein erstklassiger Babysitter, das können Sie da nachlesen. Meine Arbeitszeit ist von 9 bis 16 Uhr."

Ich deutete auf Jakob und sagte:" Mein Sohn ist 15. Er sitzt und spricht und benötigt so gar keinen Babysitter."

Jakob konnte sich ein Grinsen nicht verkneifen.

„Und ich weiß nicht, was Sie hier so viele Stunden jeden Tag machen wollen. Ich brauche Jemanden für zwei oder drei Tage in der Woche und auch dann nicht sieben Stunden am Stück."

„Das Kochen braucht ja auch Zeit. Ich koche jeden Tag frisch und richte mir die Küche so ein, wie ich es brauche, da müssen Sie dann gar nicht mehr rein." Versuchte sie es erneut und schritt forschen Schrittes auf mein zukünftiges Heiligtum zu.

Das Innere Ich hatte bis hierhin vergnügt gelauscht und sprang jetzt auf. „STOPP!!! Halte diese Frau auf!" Schrie es völlig außer sich. Ich machte einen Schritt zur Seite und fing sie damit direkt vor der Küchentür ab.

„Da brauchen Sie gar nicht hinein zu stürmen, denn Kochen und Küche ist absolut mein Bereich."

Wir sahen uns einander ernst in die Augen, wie zwei Kontrahenten in einem Western, die Luft war so geladen, dass dem Inneren Ich Funken aus den Ohren sprühten. Irgendwann steckte sich Jakob einen Kartoffelchips in den Mund und das Geräusch der krachenden Gemüsescheibe zerbrach den Moment.

Schmollend schob sie die Unterlippe vor und sagte: „Hier werde ich nicht arbeiten."

Dann packte sie ihre Mappe und stob von dannen.

Jakob und ich sahen uns einen Augenblick verdattert an und fingen dann gleichzeitig an zu Lachen. Dann meinte Jakob: „Das mit der Küche hätte sie nicht sagen sollen."

Ich winkte ab: „Och, die Entscheidung stand schon vorher fest. Wenn ich einen Feldwebel im Haus haben möchte, dann ziehe ich zur Bundeswehr."

Einen Tag später stellte sich die Nächste vor und da stimmte die Chemie schon wesentlich besser. Sie ist auch ganz bemüht – allerdings setzt sie beim Putzen alles unter Wasser. Wenn sie das Badezimmer verlässt, steht das Wasser zentimeterhoch überall und wenn man sich unvorsichtiger Weise aufs Klo setzt hat man nicht nur ein nasses Hinterteil, sondern auch noch die Kleidung getränkt. (hihi, das ist Jakob passiert)

Aber nunja, wenn sie das nächste Mal kommt, dann putze ich mit ihr zusammen und zeige ihr, wie ich es gern hätte. Wird schon!

Andere Länder – andere Sitten

Dreimal in der Woche, für jeweils zwei Stunden kommt die Putzhilfe, Lakshmi, um den riesigen Bunker sauber zu halten. Bisher auch immer pünktlich (und das ist bei den Indern nicht selbstverständlich!) und verlässlich.

Am Freitag allerdings eröffnete sie mir beim Verabschieden, in der nächsten Woche könne sie nicht kommen.

„Warum?" Fragte ich verwirrt, denn ich weiß zwar, dass am Dienstag Feiertag ist, wegen Gandhis Geburtstag, die restlichen Tage der Woche sind doch aber normale Arbeitstage.

Sie wackelte verlegen mit dem Kopf und sagte: „I will be ill." - sie wäre krank.

Das Innere Ich kugelte sich vor Lachen: „Wie jetzt, hat sie hellseherische Kräfte und weiß am Freitag bereits, dass sie ab Montag für eine Woche krank sein wird?"

Ich dachte, sie hätte vielleicht eine Operation vor sich, wie an der Schilddrüse oder Ähnliches, was man planen kann und fragte deshalb freundlich nach.

Lakshmi wackelte wieder verlegen mit dem Kopf und machte mit den Händen eine abwehrende Geste. „No, no, Ma`am, no Hospital. It`s from inside."

„Hä?" Machte das Innere Ich verständnislos.

Mir dämmerte es. „Bekommst du deine Menstruation?" Fragte ich.

Bei der dunklen Hautfarbe ist es sehr schwer, zu erröten aber ich schwöre, sie tat es! Das ganze Menschenkind war die Personifizierung des Satzes: „Ist mir das peinlich!"

Irgendwann rang sie sich ab, mir zu erklären, dass sie mein Haus nicht betreten könne, weil sie ja unrein sei und mir das Unglück brächte.

Das Innere Ich grinste breit und meinte, das wäre ja mal wieder so ein Fall, wo man etwas Unvermeidbares für das Weltunglück verantwortlich machen könne.

Ich erklärte ihr, dass dies nun ein deutsches Haus sei, mit deutscher Tradition, deutschem Glauben und mit deutschem Glück. Und dass es Diesem überhaupt nicht abträglich sei, wenn sie nächste Woche trotz ihrer Tage zum Putzen käme. Damit wäre die Unreinheit auch glatt wieder aufgehoben und ich wäre darüber ganz gewiss nicht unglücklich.

Denn ich zahle ihr ein für hiesige Verhältnisse übermäßig hohes Gehalt und darum sehe ich gar nicht ein, dass sie von vier Wochen im Monat eine Ganze wegen „Unpässlichkeit" ausfällt. Etwas bedrückt aber dennoch einverstanden willigte sie ein.

Nachdem das also geklärt und sie gegangen war, forschte ich im Internet nach und fand tatsächlich die abstruse Sitte, dass manche Frauen während dieser Zeit nicht einmal das Haus verlassen dürfen. Sie dürfen keinen anderen Menschen berühren, kein Essen kochen, den Tempel nicht besuchen usw. Eben, weil sie „unrein" sind.

Das Innere Ich betrachtet mit zweifelndem Blick die stinkenden Straßenränder auf dem Weg zur Mall und sagt: „Wenn man sich den ganzen Dreck überall betrachtet, dann ist das Wort „unrein" irgendwie völlig fehl am Platz..."

In vielen ländlichen Gegenden ist das Thema so tabu, dass die jungen Mädchen vor ihrer ersten Periode nicht mal darüber aufgeklärt sind, geschweige denn Binden oder Tampons im Haus sind. Diese sind für die Mädchen aus den armen Familien ohnehin nicht erschwinglich. Sie behelfen sich mit Zeitungspapier oder alten, benutzen Putzlappen. Letzteres natürlich in einem hygienisch sensiblen Bereich ein echtes Risiko!

Ich hoffe und wünsche den Frauen in diesem Land, dass der Fortschritt diesbezüglich zügig in den Köpfen und auch in den Geschäften voran geht, damit das Benutzen von Hygieneartikeln für alle erschwinglich wird und sie

wegen ihrer Menstruation nicht mehr ausgegrenzt und eingeengt werden.
Und auch, wenn es ihr unglaublich peinlich sein wird, werde ich sie am Montag fragen, ob sie Binden oder Tampons hat und wenn nicht, dann bekommt sie die von mir. Die Französische Revolution hat auch klein angefangen!

Ein Sofa zum Frühstück

Wir hatten uns in einem Möbelladen ein Sofa ausgesucht, denn im Augenblick sitzen wir auf einem geliehenen Teil, welches dermaßen unbequem ist, dass man nach einer Sendung „Bares für Rares" mit Rückenschmerzen aufsteht. Michel wollte etwas „Anständiges" und darum sind wir extra an einem Wochenendtag mit Fahrer durch die Möbelhäuser gefahren, um etwas auszusuchen was „Bestand" hat.
Das Innere Ich grinst amüsiert und sagt: „Eigentlich lebt er doch seit 13 Jahren im Ausland und müsste doch wissen, dass man gerade in einem Land wie Indien nicht unbedingt mit der Qualität einer deutschen Meisterhandwerksarbeit rechnen sollte."
„Die Möbel, auf denen wir probegesessen haben waren aber wirklich in Ordnung." Verteidige ich ihn.
„Jepp – das waren aber auch Ausstellungsstücke..."

Jedenfalls waren wir schon ganz erstaunt, als die Nachricht kam, dass die zwei Sofas und der Sessel bereits am Sonntag geliefert würden, dabei hätte die Lieferzeit eigentlich vier Wochen gedauert und es ist erst die Hälfte um! Wir freuten uns total: Endlich klappt mal was!

Um kurz vor 10 Uhr klingelte dann das Telefon direkt in unser Familienfrühstück hinein. Sie stünden bereits am Tor. Hui – Jakob und ich stoben davon in unsere jeweiligen Schlafzimmer, denn wir saßen in schönster Gemütlichkeit im Pyjama und verstrubbelten Haaren am Tisch.

„Frühstück interrupto!" Rief das Innere Ich und versteckte sich im Kleiderschrank.

Nach der Morgentoilette begab ich mich dann ins Wohnzimmer. Michel hatte alles völlig unter Kontrolle und schlappte hin und her, während vier Männer unsere neuen Sofas aus den (völlig übertriebenen) Verpackungen befreiten. Das erste Sofa stand schon und ich nahm es in Augenschein.

Das Innere Ich zwinkerte zweimal ungläubig und ich hörte mich sagen: „Das ist nicht das Sofa, was wir bestellt haben."

„Doch." Sagte Michel.

„Nein." Sagte ich. „Da stimmt nur die Farbe." Und dann machte er die Website der Firma auf und ich zeigte auf das Foto: „Siehste?"

Es war in der Tat ein ähnliches Sofa – aber eben nicht das, was wir uns ausgesucht hatten. Hinzu kam, dass das andere Sofa und der Sessel tatsächlich unserer Bestellung entsprachen und darum dieses gar nicht dazu passte!

Qualitativ sind alle nicht unbedingt das, wovon man ausgeht, dass sie zehn Jahre halten. Die Füße sind wohl per Augenmaß und mit einem Handbohrer drunter geschraubt, sie stehen jeder in seiner individuellen Richtung schief und krumm und in verschiedenen Abständen zu Boden und an manchen Stellen sind Klebereste im Stoff. Dass die Möbel außerdem wackeln, muss man eigentlich nicht extra erwähnen…

Man hat den Eindruck, es wurde einem älteren Kind eine Bohrmaschine und eine Säge in die Hand gedrückt und ein Bild vom Sofa gezeigt und dann gesagt: „So, jetzt mach mal!"

Super, wir haben 700 Euro für Pfusch bezahlt. Das aussätzige Sofa, welches nicht dazu passte, haben wir ihnen direkt wieder mitgegeben, mal schauen, ob der Ersatz wenigstens das richtige Modell ist...

Morgens um 10 in Bangalore – soviel Knoppers kann ich gar nicht essen!

Abends am Pool

Gestern Abend saß ich auf der Terrasse am Pool und genoss die Wärme und die untergehende Sonne. Ein paar Adler zogen am Himmel ihre weiten Kreise, ein paar Krähen machten wilden Lärm und zwischendurch gellten die langgezogenen Rufe eines Tropenvogels durch die hereinbrechende Nacht, den ich noch nicht benennen kann. Die Dschungelgeräusche sind noch ziemlich ungewohnt und ich saß lange Zeit dort und hörte der neuen Umgebung zu.

Der Verkehrslärm und das ewige Gehupe ist hier nur ganz leise noch zu hören (Gott sei Dank!). Sobald man das Haus betritt, befindet man sich wie in einer Blase, die mit dem eigentlichen, wilden und lautem Bangalore nichts mehr zu tun hat. Vom Dreck der Straßen sieht man in dem modernen Gebäude nichts und das tut unglaublich gut.

Und irgendwann war es stockfinster und mir fiel ein, dass man vom Nachbarhaus ja nicht in unseren Pool oder auf die Terrasse gucken kann und habe einfach mal spontan in der Dunkelheit ein paar Bahnen gezogen. Und zwar ganz ohne Badebekleidung. Herrlich!

Da man das Wasser aus der Leitung nicht trinken sollte, muss jedes Getränk im Rucksack eingekauft und hergetragen werden. Zum Glück ist der Supermarkt nicht weit weg. Gute zehn Minuten zügiger Fußmarsch. Heute Mittag hatte ich richtig schwer zu schleppen, weil die ganzen Handwerker ja auch etwas zum Trinken brauchten und darum wollte ich mir den Luxus gönnen und ein Tuck-Tuck nehmen. Aber der Fahrer beharrte auf seine 100 Rupien. Für die kurze Strecke!!! Dieselbe Summe haben Michel und ich bezahlt, als wir vom D-Markt zurück gefahren sind und der ist dreimal so weit weg!

Das Innere Ich lässt sich nicht gern für dumm verkaufen und brüllte: „Nix da! Dann geht's halt zu Fuß!"

Ich versuchte noch halbherzig zu handeln, doch der Fahrer blieb hart. Na klar, Ausländerin UND Frau – da habe ich in Indien keine großen Chancen… „Dem stecken wir keine halbe Rupee in seinen gierigen Schlund!" Entschied das Innere Ich.

Also habe ich meine schweren Taschen doch selbst nach Hause geschleppt. Aber nicht, ohne ihm innerlich von ganzem Herzen einen Motorschaden zu wünschen!

Das mit der Emanzipation ist in Indien offensichtlich noch nicht so richtig weit fortgeschritten. Ich dachte ja, durch die fortgeschrittene wirtschaftliche Entwicklung Bangalores, wäre auch die Bevölkerung in der Moderne angekommen. So war es ja zum Beispiel auch in China und Istanbul. Hier aber scheint die Zeit still zu stehen – zumindest, was das Frauenbild in der Gesellschaft betrifft. Es gibt nur sehr wenige Frauen, die keinen Sari tragen und man wird als Ausländerin in Hosen schon ziemlich angeguckt. Aber in den Geschäften oder Hotels sind die Männer schon höflich und zuvorkommend, zumindest zu mir als Ausländerin. Auf der Straße aber wird mir nicht Platz gemacht, wenn ich schwer beladen mit meinen Einkaufstaschen nach Hause laufe…

Auf den Wegen muss man sehr aufpassen, denn es hängen und liegen überall Kabel herum, die teilweise ihren blanken Inhalt zentimeterlang herausstehen lassen. Ich würde nicht die Hand dafür ins Feuer legen, dass da kein Strom mehr drauf ist! Wenn man den ganzen Kabelsalat auf den Straßen so anschaut, dann wundert man sich, dass da überhaupt noch was funktioniert! (Obwohl, so ganz problemlos läuft es dann doch nicht mit der Elektrizität, denn mehrmals am Tag ist für ein paar Minuten der Strom weg. Vielleicht ist das auch der Grund, warum der Kühlschrank nicht mehr richtig funktioniert.)

Der Wasserspender

Ich bin total begeistert, dass es hier die Möglichkeit gibt, sich Trinkwasser in 15-Liter-Gallonen liefern zu lassen. Der Wasserspender selbst hat oben ein Loch, in dem ein fetter Dorn steckt. Damit kann man also die Gallone mit dem Hals voran draufsetzen, das Gummi durchstechen und voila – kein Tropfen geht daneben! Eigentlich ist das ein simples, einfach zu durchschauendes System, für das man in der Regel nicht studiert haben muss.
Am Freitag war ich den ganzen Tag mit dem Essen für Jakobs Kumpel aus der Schule beschäftigt und hatte wenig Zeit, die Putzfrau und sonstigen „Handwerker" zu kontrollieren, die hier ständig ein und ausgehen (und selbstverständlich nur gucken – aber nichts machen).
Und es kam auch das bestellte Wasser. Naja, die Hälfte zumindest. Bestellt waren nämlich zwei Gallonen, gebracht hat der Junge nur eine. Klar, zwei von den Dingern passen wohl nicht auf seine Vespa. Na gut, muss er halt zweimal fahren, mir ja wurscht…

Ich bat ihn, die Gallone auf den Wasserspender zu stecken und ging ins Wohnzimmer, um das Trinkgeld fürs Bringen zu holen.

Meine Putzfee stand übrigens neben ihm! Als ich mit dem Geld zurück kam, sprudelte das kostbare Trinkwasser aus dem Spender, der Fußboden stand bereits unter Wasser und die beiden standen überrascht daneben und sahen zu, wie die Überflutung sich mehr und mehr ausbreitete! Sie machten nicht mal einen Schritt zur Seite.

„Sach` mal, seid Ihr bekloppt?!" Rief das Innere Ich und ich konnte gerade noch den Mund zumachen, sonst hätte ich das tatsächlich gerufen.

Ich wuchtete die Gallone aus dem Gerät und stellte sie ab. Jetzt war sie halbleer und ich hatte 7,5 Liter auf dem Fußboden.

Noch immer standen die Beiden da und sahen mir zu.

„Wie wäre es, wenn du das jetzt mal aufwischt?" Fragte ich meine professionelle Reinigungskraft und sie wackelte mit dem Kopf und holte den Schrubber.

„Wo ist die Gummikappe?" Fragte ich den Jungen und er wies auf den Mülleimer. Na, wenigstens war da gerade ein neuer Beutel drin und die Kappe nicht verschmutzt.

Ich zeigte ihm, wie man eine Gallone auf einen Wasserspender setzt und drückte ihm den halbleeren Behälter in die Hand.

„Den bezahle ich nicht, du kannst ihn wieder mitnehmen und bringst mir einfach die Bestellung und diesmal ohne Wasserschaden." Erklärte ich ihm und tatsächlich kam er nach einer Stunde mit einer vollen Gallone und setzte sie ohne Desaster auf.

Ich bezahlte und warte bis heute noch auf die zweite Gallone, welche ich bestellt hatte…

Hippies

Das Innere Ich sitzt im Schneidersitz auf einem bestickten Kissen. Neben sich eine Tasse Tee und ein paar Räucherstäbchen qualmen, welche in einen elefantenförmigen Behälter gesteckt sind. Es hat einen Blumenkranz auf dem Kopf und eine bunte Tunika mit ebensolcher Pluderhose an.

„Was soll das?" Frage ich. „Willst du mich zu einer 60er-Jahre-Hippie-Party überreden?"

Das Innere Ich unterbricht sein langgezogenes „Ommmmmmm" und blinzelt.

„Nein." Erwidert es gedehnt. „Ich denke."

„Aha."

„Jawohl. Und zwar darüber nach, warum die Menschen in den 60er Jahren ausgerechnet Indien als das Mekka ihrer Hippiebewegung sahen. Was haben die hier gesucht und gefunden? Heilige Kühe? Unfassbare Armut? Verdreckte Straßen und Krankheiten? Desolate Wirtschaftslage und Hunger? Geistige Freiheit in einem von Großbritannien kolonialisiertem Land?"

Ich nicke verstehend: „Nein, nach meinen Überlegungen ist es eher die Spiritualität gewesen. Das Aussteigen aus dem Establishment und die Selbstfindung. Das `sich zurück auf die Wurzeln besinnen`, naja, sowas halt."

„Vielleicht auch, dass Drogen hier nicht so teuer waren…?" Frotzelt das Innere Ich.

Ich grinse: „Kannst ja mal die Beatles fragen, die waren ja zu Beginn ihrer Karriere in Rishikesh und haben dort mit einem Yogi meditiert. Dort ist auch das Album `White` entstanden. Gerade die Beatles haben einen wahren Hippie-Boom in Indien ausgelöst und die Menschen nach Indien pilgern lassen. Sie sprachen davon, dass gemeinsames Meditieren dem Weltfrieden dient."

Das Innere Ich steckt sich einen Joint an. „Kann ich nichts Verkehrtes dran finden." Sagt es und bläst Rauchringe in die Luft. „Aber so grenzenlos war das Vertrauen auf ihren Guru ja dann doch nicht – immerhin sind die Beatles vorzeitig abgereist, weil der Guru ihren Frauen zu nahe kam."

Heute ist der kleine Ort übrigens ein Touristenmagnet, der Beatles-Fans aus der ganzen Welt anzieht. Sie wollen keine spirituelle Einkehr finden, sondern den kleinen, exotischen Kick einer Massenmeditation erleben. Die Ashrams, also die Häuser, in denen die Pilgergruppen damals gemeinsam lebten und meditierten, sind heute verlassen. Und dort, wo man in den wilden 60ern im Wald der freien Liebe gefrönt hatte, leben heute die Armen in ihrem Slum.

Statt Ashram gibt es heute Hotels und über 100 Yoga-Schulen und ich vermute mal, dass diese tiefe innere Spiritualität der Hippie-Zeit heute meist der Gier nach dem schnöden Mammon gewichen ist.

„Da bekommt der Spruch `jede Seele ist käuflich` in einem ganz anderen Licht daher." Grinst das Innere Ich und reitet auf einem Elefanten in den Sonnenuntergang...

Post

Ich habe vor nicht langer Zeit das Briefeschreiben per Hand wieder für mich entdeckt und ab und zu mache ich Menschen, die mir besonders am Herzen liegen, ein Zeitgeschenk und schreibe ihnen einen Brief. So auch heute und nachdem ich die losen Blätter in den selbstgebastelten Zeitungspapier-Briefumschlag gesteckt hatte, trabte ich zur Poststation.

Die Sonne knallte unbarmherzig auf mich herunter und das Innere Ich verwandelte sich in einen Eisberg.

In dem kleinen, schmuddeligen Postraum standen mindestens 10 Menschen, es war ziemlich kuschelig und ich stöhnte innerlich. Viele Menschen auf engem Raum sind nichts, wonach ich mich so richtig sehne... Der Ventilator unter der Decke hatte auch schon mal mehr Motivation und eierte nur sehr langsam und mit letzter Kraft seine Runden.

Während ich in einer Ansteh-Schlange von Männern stand, rann mir der Schweiß in Bächen den Körper herunter, tropfte aus den Haaren und von den Wimpern. Der Inder hinter mir betrachtete mich, falsch – er starrte mich interessiert an. Das mit der Armlänge Abstand kennt man hier nicht, dann kommt sofort einer in die Lücke. Ich versuchte, gleichmäßig zu atmen und konzentrierte mich auf die Angestellten hinter dem Schalter.

Hier wird noch alles per Hand gemacht. Der Brief wird mit einer Briefwaage gewogen, dann wird auf einem Notizblock die Versandgebühr ausgerechnet, dann muss der Begleitzettel ausgefüllt werden und dieser gestempelt und mit einem Tesafilmstreifen an den Umschlag geklebt werden. Anschließend wandert er in eine Kiste und wenn die voll ist, nimmt sie Jemand weiter nach hinten. Dort wird dann jeder Adressat aufgeschrieben! Selbstmurmelnd auch von Hand...

Stapelweise werden sie mit Paketband zusammen gebunden und erst dann kommen sie in einen alten, fadenscheinigen Postsack, mit dem wohl schon Briefe in der Kolonialzeit nach Europa geschickt wurden.

Das Innere Ich hatte sich alles genau angeschaut und meinte dann: „Es wird mir klar, warum die Post so lange braucht, bis sie den Empfänger erreicht."

Jepp – und bei der Arbeit waren die Bewegungen der Postbeamten so langsam, dass ich den Eindruck hatte, sie würden gleich die Augen zumachen und schnarchend auf ihrem Schreibtisch zusammen brechen.

Endlich kam ich an die Reihe. Wo denn mein Brief hin solle. Ich sagte: „Germany."

Standart oder Express? „Standart bitte."

Er holte den Begleitzettel und ich füllte ihn aus. Was denn darin wäre? Fragte der Beamte.

Das Innere Ich rollte mit den Augen: „Was soll schon da drin sein? Ein Brief, was denn sonst?" Ich antwortete brav: „Ein Brief."

Er gab mir das Begleitschreiben und sagte, ich solle detailliert aufschreiben, was im Kuvert steckt.

„Los, schreib elephant!" Grölte das Innere Ich und ich musste mich sehr beherrschen „letter" zu schreiben.

Endlich durfte ich bezahlen und wollte gehen – doch nein! Denn erst mal musste er (natürlich mit der Hand) eine Quittung schreiben, dass er mir eben 100 Rupeen für meinen Brief abgenommen hat. Die Zeit verlief so quälend langsam wie er sich bewegte...

Es hat eine Dreiviertelstunde gedauert, diesen Brief loszuschicken. Drei Männer waren vor mir dran gewesen. Ich hatte das Gefühl, als würde ich eine Wasserspur hinter mir herziehen, als ich klitschnass und verklebt wieder zuhause ankam. Kurz unter die Dusche und dann erst mal ab in den Pool!

Vegetable Garden

Die nächste größere Grünfläche von hier aus ist der „Vegetable Garden". Ich habe mir unter „garden" natürlich etwas Parkähnliches vorgestellt und möchte einfach mal eine halbe Stunde aus dem ohrenbetäubenden Straßenlärm entfliehen und durch eine grüne Oase schlendern.

Auf dem Weg dorthin plärren plötzlich Lautsprecher über die Straße und übertönen fast das Dauergehupe der Fahrzeuge. Ich werde sofort an den Muezzin in der

Türkei erinnert und denke ein bisschen sehnsüchtig an Istanbul...

Das Innere Ich wirft sich natürlich sofort in einem langen, weißen Nachthemd in Richtung Mekka auf den Boden und berührt mit der Stirn den Boden. Um es herum leuchten die bunten Kacheln der Blauen Moschee und es versenkt die nackten Zehen in dem dicken Teppich unter seinen Füßen.

Während des Weitergehens bemerke ich allerdings, dass es nicht der Bet-Ruf einer Moschee war, sondern Werbung aus einem Geschäft, vermutlich, um auf Schnäppchen aufmerksam zu machen.

„Ach, guck mal!" Grinse ich. „Da hast du also gerade den Gott des Kapitalismus angebetet..."

„Pfff!" Macht das Innere Ich und reckt beleidigt die Nase in die Höhe.

Als ich an einer der superkitschig bunt bemalten Tempel vorbei gehe, fällt mir auf, dass alle Gebetsstätten immer ein geschlossenes Gitter vor dem Eingang haben.

„Haben die Angst, dass hungrige Menschen die öbstlichen Opfergaben wegnaschen?" Frage ich irritiert.

Das Innere Ich überlegt eine Weile und meint dann:

„Entweder dies oder aber es ist die Angst, dass eine heilige Kuh in den Tempel eines anderen Gottes, meinetwegen Krishna, geht. Dort provokativ einen Fladen fallen lässt und dabei die Opfergaben frisst. Dies wiederum würde die Götter des Tempels erzürnen und einen Krieg der Götter herauf beschwören."

„Ein Krieg der Götter?" Frage ich zweifelnd. „Sehr gewagte Theorie."

„Gar nicht und ich sage dir auch, warum die Gläubigen das um jeden Preis verhindern wollen: Solche Kriege werden immer auf den Schultern der Menschen ausgetragen. Oder kannst du mir einen Glaubenskrieg sagen, in dem die Götter ihren Zwist untereinander ausgetragen haben?"

Ich grinse und lasse mich auf die versuchte Diskussion gar nicht erst ein...

Der „Vegetable Garden" ist gar kein Park, in dem man spazieren gehen kann, sondern der Ort, wo die Bewohner ringsherum ihr eigenes Gemüse anbauen. Man kann zwar am Rand entlang gehen aber es führen keine Wege durch die Beete. Statt dessen ab und zu mal ein Grab mit Grabstein.

Das Innere Ich kichert: „Das nenn ich mal ökonomisch, wenn der Bauer beim Kohlstechen das Zeitliche segnet, wird er einfach an Ort und Stelle untergegraben. Stein drauf – und gut ist."

„Boah!" Rufe ich entsetzt. „Das ist aber jetzt pietätlos!"

Das Innere Ich zieht spöttisch eine Augenbraue nach oben: „Ich zeig dir, was pietätlos ist, guck mal da rüber…"

Ich richte den Blick auf die angegebene Richtung und sehe einen Fußballplatz mit riesigen Flutlichtanlagen, direkt neben einem Friedhof mit ca. 40 Gräbern. An der Ecke ein Toilettenhäuschen, dessen Abwässer zwischen zwei Gräber ablaufen und auf der anderen Seite der Ruhestätte ein zehn Meter langer und zwei Meter hoher, stinkender Müllberg…

Das ganze Bild ist so skurril, dass es mir schwer fällt, zu glauben.

„Keine weiteren Fragen, Euer Ehren…" Sage ich tonlos und stapfe wieder zum Haus zurück.

Wenn der Poolboy dreimal klingelt…

Wir haben einen Poolboy, der jeden Tag kommt und mit einem langen Kescher die Blätter und Blüten aus dem Wasser fischt, die durch die umliegenden Bäume in das Wasser segeln. Außerdem macht er den Filter sauber und einmal in der Woche gibt er ein Desinfektionsmittel hinein, von dem ich gar nicht so genau wissen will, was es ist...

Manche Dinge sollte man in Indien lieber nicht hinterfragen (wie man auch vermeiden sollte, einen Blick in die Küchen zu werfen, wenn man in einem Restaurant essen möchte!)

Am ersten Tag war ich auf sein Erscheinen nicht vorbereitet und gerade dabei, die Leiter ins Wasser hinunter zu steigen, als er hinter dem Becken auftauchte. Ich bin mir nicht sicher, wer sich mehr erschrocken hat! Der Poolboy ist Mitte Zwanzig, klein und schlaksig und trägt immer das gleiche Hemd, welches ihm einige Nummern zu groß ist.

„Vielleicht hat seine Familie die Hoffnung, er würde noch hinein wachsen?" Wispert das Innere Ich unschuldig.

Ich sagte ihm dann, er solle doch einfach kurz klingeln, wenn er kommt, dann weiß ich Bescheid. Oder, noch besser, er soll dreimal kurz klingeln, sonst könnte es ja auch der Guard oder sonst wer sein.

Das tut er nun auch immer. Und wenn er fertig ist, kommt er mit einem Klemmbrett an und möchte von mir eine Unterschrift haben, ob er denn seine Arbeit auch gut gemacht hat. Jeden Tag! Beim zweiten Mal habe ich dann für ein paar Tage im Voraus unterschrieben.

Nun sollte man ja denken, er kenne meine Unterschrift...

Am nächsten Tag lag das Innere Ich auf einer aufblasbaren Palme im Pool, hatte einen Sonnenhut auf und nuckelte an einem Lakritz-Cocktail, als er wieder mit seinem Klemmbrett um die Ecke kam. „Los", nuschelte es anstachelnd, „trau dich!"

Ich nahm den Stift und das Klemmbrett und schrieb: „Pamela Anderson".

Der Poolboy nickte, bedankte sich und zog weiter.

Inzwischen war ich auch schon „Weißer Hai", „David Hasselhoff", „Käpt`n Ahab" und „Sindbad".

Es kam noch nie eine Beschwerde. Genauso wenig, wie jemals eine Verkäuferin in einer Mall in Istanbul

beschwert hatte, wenn ich mit „Rotkäppchen",
„Aschenputtel" oder „Böse Hexe" unterschrieb.
Und sollte mich jemals Jemand darauf ansprechen und
sagen: „Das sind Sie doch gar nicht!" werde ich lächeln
und überzeugend sagen: „Doch."

Der Sex-Guru von gegenüber

Die Straße vor unserem Compount heißt Hagadur Main
Road und hat den Namen `Straße` eigentlich nur deshalb
verdient, weil ganz offensichtlich Fahrzeuge darauf
fahren. Asphalt ist, wenn auch mit Schlaglöchern und
bröckelig auch darauf – also lassen wir ihr diese
Bezeichnung.
Schräg gegenüber dem Eingang zu unserer Siedlung ist
ein kleines Zelt aufgebaut, an dessen Außenwände eine
große Werbung angebracht ist.
„Sex-Probleme vor der Ehe, Sexschwächen nach der
Hochzeit oder in Albträumen? Bei brennendem Urinieren
wenden Sie sich an unseren Glaubens- und (äh, gas-
truble konnte ich nicht übersetzen...)" Das Zelt steht
direkt an der Straße neben Müll, den die Haushalte
einfach dort abladen und auf dem sich die Krähen
tummeln.
Das Innere Ich in seiner ihm angeborenen Neugier will
natürlich wissen, was es damit auf sich hat und lugt in
das Zelt. Es ist dunkel und man erkennt verdreckte
Decken auf ausgelegten Kartonpappen. Ich hüstel kurz
und frage dann, etwas kleinlaut: „Hallo?"

„Yes, Ma`m." Kommt es zurück, ich höre, wie Jemand
aufsteht und dann kommt der Guru ans Licht. Er ist bis
auf die Knochen abgemagert, trägt einen ehemals

weißen, fadenscheinigen und ziemlich verschmutzten Wickelschurz und einen ebensolchen Turban auf dem Kopf. Er lächelt und entblößt dabei seine gelben Zähne. Ich bin heilfroh, dass ich nichts riechen kann, denn der Dreck klebt sichtbar auf seiner schlaffen Haut. Das Innere Ich steigt sofort in eine Badewanne und beginnt, sich abzuschrubben.

„Was hat es mit dieser Werbung auf sich?" Frage ich mutig und bin froh, durch das Deuten auf das Plakat einen Schritt rückwärtsgehen zu können und so ein wenig mehr Distanz zwischen uns zu bringen.

„Wenn du krank bist, kommst du zu mir. Dann gebe ich dir Energie von mir und die macht dich gesund." Antwortet er und breitet einladend die Arme aus.

„Und wie würdest du mich gesund machen?" Frage ich vorsichtig.

„Wir machen Sex und verschmelzen und dann geht die Energie auf dich über." Lächelt er und kommt einen Schritt auf mich zu.

„Rückzug!" Schreit das Innere Ich und ich beeile mich zu sagen: „Ja, das ist ja gut zu wissen. Ich bin aber zum Glück nicht krank. Aber wenn mal, dann weiß ich jetzt wo ich hin muss!"

Es zeugt von grenzenloser Disziplin, dass ich nicht gerannt bin, sondern in einem moderaten Tempo das Weite suchte.

„Tse!" Schnalzt das Innere Ich. „Was es nicht alles gibt. Ich weiß nicht, über was ich mich mehr wundern soll. Leute, die krank sind und trotzdem Sex haben oder Jemanden, der Sex mit Kranken hat und sich dafür bezahlen lässt."

Es schüttelt sich vor Ekel, als ich nochmal an das dunkle, dreckige Zelt denke.

„Jaja, wenn die Leute die Keime und den Schmodder in dem Loch überleben, dann sind sie bestimmt gegen alle Krankheiten der Welt immun! Das ist vermutlich die stärkste Lebendimpfung überhaupt."

Das Innere Ich rümpft die Nase. „Ich mag mir das gar nicht vorstellen."

Stimmt. Ich auch nicht! Aber wer kann schon sagen, dass er gegenüber von einem offiziellen Sex-Guru wohnt?! In Istanbul habe ich meinen Gästen ja öfter einen Besuch im Hammam ermöglicht, damit sie eine authentische Erfahrung aus der Türkei mitnehmen. Und jetzt überlege ich natürlich...

Das Innere Ich grinst ganz breit.

Der Weg zum Supermarkt

Es sind oft diese Kleinigkeiten, die mich unterwegs zum Schmunzeln bringen. Wenn ich zum Supermarkt laufe, dann komme ich nicht nur am Sex-Guru vorbei, sondern auch an einem Reis-mit-Huhn-Verkäufer, der da mit seinem wackligen blauen Wagen steht. Und zwar auf der gesamten Gehweg-Fläche. Man muss als Fußgänger auf die Straße ausweichen. Die Gehwege sind ungefähr 40 – 50 cm hoch, man muss ganz schön klettern! Für Leute mit Knieproblemen eine echte Herausforderung!

Irgendwann steht man auf dem linken Radweg dann einfach vor einer Wand. Und das meine ich im wahrsten Sinne des Wortes. Da hat nämlich irgendjemand ein etwa 4m breites Häuschen draufgebaut. Und das kann man jetzt mieten. Es hat genau die Tiefe des Gehweges – auch hier bleibt einem nichts übrig, als auf der Straße seinen Weg fort zu setzen.

Nach dem Bürgersteighäuschen muss man sich in der Regel die Ohren zuhalten. Denn dort ist die Kreuzung. Und, weil man ja durchaus mit drei Autos nebeneinander nach rechts abbiegen möchte (wir haben hier Linksverkehr!), von der anderen Seite ebenfalls drei

Autos nebeneinander aber in die andere Richtung wollen, zwischendurch die Tuck-Tucks und Motorradfahrer auch gern mal als Geisterfahrer unterwegs sind und nicht zu vergessen, die Fußgänger, die sich zwischen diesem ganzen, meist stehendem, Chaos durchwursteln, steht dort meist für eine Weile der Verkehr still und nichts geht mehr, weil man sich so ineinander verzahnt hat. Und was macht der Inder, wenn er nicht mehr weiter kann? Na, klar: Hupen! Die ganze Kreuzung steht also still und jeder, wirklich Jeder, hupt. Gut, nützen tut das nix – ich denke ja, das ist eher so eine Art Stressabbau.

Zwischendurch kommt ein Straßenstand, bei dem man ein Getränk aus ausgepresstem Zuckerrohr bekommt und nach der Kreuzung kann man sich kleine Apfelsinen auspressen lassen. Habe ich mich aber noch nicht getraut, weil die Pressen so aussehen, als seien die mehrere hundert Jahre alt...

Dann kommt die Mall, in der der Supermarkt ist. Am Eingang sind Metalldetektoren und durch diese Tore geht man getrennt. Frauen links, Männer rechts. Es blinkt und tutet die ganze Zeit, das ist den Sicherheitsleuten aber offensichtlich wurscht. Wenn denen einer einen Scanner in die Hand drückt und sagt: „Scann mal die Leute." Dann machen sie das auch. Völlig egal, wie die Maschine reagiert! Die ganze Aktion kann man also getrost als `völlig sinnfrei` bezeichnen.

Es ist Oktober und in der Mall sind auch einige ausländische Geschäfte. Zum Beispiel „Polo". Wenn in Europa zu dieser Zeit Daunenjacken und Winterstiefel zum Kauf angeboten werden, dann hat das seinen Grund darin, dass es im Winter eben kalt wird. Hier stehen die Winterklamotten aber auch im Schaufenster. Bei 30 Grad! Und es wird hier auch bis zum nächsten Sommer nicht schneien. Es wird nicht einmal annähernd so kalt, dass man darüber nachdenken könnte, eine Winterjacke zu tragen...

Weiter geht's in den Fahrstuhl. Davon gibt es zwei nebeneinander. Und in Jedem ist ein Fahrstuhlführer in Uniform. Der muss das gewünschte Stockwerk (es gibt nur drei Stockwerke) drücken und jeden Gast sicherheitshalber bitten, ein Stück von der Türe Abstand zu halten. Was für ein Job! Die fahren den ganzen Tag hoch und runter!

Natürlich muss nach dem Einkauf beim Verlassen des Supermarktes der Kassenzettel von Sicherheitsleuten mit dem Inhalt des Wagens verglichen werden. Und natürlich auch wieder: Die Damen zu der Frau und die Männer zum Herrn. Großartig finde ich immer, dass ich einen ellenlangen Zettel hinhalte, im Wagen aber nur drei Sachen liegen. Den Rest lasse ich mir ja nach Hause liefern. Nur Eier oder Joghurt transportiere ich im Rucksack. Sie schaut trotzdem gewissenhaft den Kassenzettel durch und vergleicht den Inhalt des Wagens. Dann wird genickt, mit dem Kopf gewackelt und gesagt: „Alles in Ordnung, auf Wiedersehen." Das da nur ein Bruchteil liegt, von dem was sie vergleicht, fällt offenbar niemandem auf...

Bier Spezial

Am Freitagnachmittag kamen vier Kumpels aus Jakobs Schule zum Übernachten zu uns. Nun ist das gerade nicht so einfach, rein logistisch gesehen. Denn wir leben hier ja ausstattungstechnisch etwas auf Sparflamme, solange unser Container noch über die Weltmeere schippert. So liegen in meinem Besteckfach gerade mal 6 Gabeln, Messer und Löffel. Ich habe zwei Töpfe und eine Pfanne und auch Teller sind immer nur 6 vorhanden. Da stoßen die Menü-Wünsche meines Sohnes anlässlich seiner Party doch schon mal an Grenzen. Aber letztendlich konnten sie mit 18 Schnitzeln, Kartoffelstampf mit Eiern, Chicken-Pie, Gurke mit Knoblauch und buntem Salat (der natürlich fast in Gänze übrig blieb...) zufriedenstellen.

Zum Dessert gab es eine Schwarzwälder-Kirschtorte vom Bäcker, die allerdings außer dem Namen mit dem Original überhaupt nichts zu tun hatte. Sie schmeckte wie eine Mischung aus Hubba Bubba und Butter-Sahne...

Aber das Wichtigste war ja, dass sich die Jungs getroffen haben. Und Spaß hatten sie auch. Sie nutzten den Partyraum unten ausgiebig für Brettspiele und Kissenschlachten und zogen sich am Abend dann ins Kino zurück. Selbstmurmelnd sind sie bis in die Morgenstunden aufgeblieben!

Und so war der Samstag dann ein vorprogrammierter Gammeltag. Und an einem solchen Gammeltag kann es dann auch schon mal sein, dass die Dame des Hauses so gar keine Lust hat, sich in die Küche zu stellen. Also besuchten wir das chinesische Restaurant, welches 50 m weiter auf der anderen Straßenseite ist. Für Michel war es der erste Besuch dort. Nebenan ist ja das internationale Restaurant, mit integrierter Brauerei. Darum bekommt man beim Chinesen eben auch das Bier aus dieser Brauerei und nicht etwa Tsintao...

Während ich ein ganz normales Pils bestellte, erwählte mein Göttergatte direkt mal ein „Speziales".

Und kurze Zeit später wurden wir mit zwei Halbliterkrügen kühlen Gebräus beglückt. Nach dem Zuprosten dauerte es eine Weile, bis sich seine Gesichtszüge von `fröhlich` über `ungläubig erstaunt` zu `angestrengt die Fassung wahren` änderten. Er schob mir sein Glas rüber und sagte: „Probier` und sag mir, dass ich keine Halluzinationen habe!"

Ich probierte und auch bei mir entwickelte sich die Geschmacksüberraschung erst allmählich. Dieser Gerstensaft war scharf! Es zwiebelte im ganzen

Mundraum, als hätte man eine Brennnessel gegessen. Und dieser Zustand blieb auch so lange, wie eine Brennnessel wirkt! Und zwar so, dass Michel es nicht einmal mit Selbstkasteiung hinunter brachte.

Wir hatten ja bereits mehrmals festgestellt, dass das Essen in Indien IMMER scharf ist. Aber BIER??? Das ist doch barbarisch!

Er hat sich dann doch noch ein ganz normales Stout bestellt und das war dann auch wirklich ein Genuss.

Abschließend kann man sagen, dass das schon ein sehr „spezielles" Spezial war!

Jakob Superstar

Unser Sohn ist im letzten Jahr ziemlich gewachsen. Plötzlich war er größer als ich und kurze Zeit später reckte er sich körperlich auch über seinen Vater hinaus. Die Stimme rutschte nach unten und ab jetzt muss er sich öfter rasieren. Das alles geht so schnell, dass ich neulich bei einem Anruf erst mal nachgefragt habe, wer denn dran sei und die völlig irritierte Antwort vernahm: „Dein Sohn!"

Am Sonntag haben wir einen Ausflug gemacht zum Zoo und dem Nationalpark Bangalore.

„Zoo, tse!" Spottet das Innere Ich und ich muss zugeben, dass sich die recht spärlichen Gehege - in denen meist nur ein einziges Tier ist und in vielen auch gar Keines – nicht mit den Tierparks in Deutschland vergleichen lässt. Wenn man die Wege abgeht, dann können einem die Tiere sehr leidtun.

Das Ticket kostet 6,50 Euro pro Person und beinhaltet zum einen den Eintritt zum Tierpark und zum anderen eine einstündige Safari durch den sich hinter dem Zoo befindlichen Nationalpark.

Meine Grundidee für diesen Ausflug war das Bestreben, Jakob vor dem Computer weg zu bekommen und ihm ein bisschen was von Bangalore zu zeigen. Naja, so vollkommen vor Begeisterung gesprüht hat er nicht wirklich und dementsprechend vernachlässigte er auch seine Garderobe und Haare.

Wir fuhren eine gute Stunde mit dem Taxi. Auf dem Weg las uns Jakob von der Website des Zoos die Verhaltensregeln für Besucher vor. Dass man die Tiere nicht füttern und ärgern darf, die Käfige nicht betreten, den Müll nicht einfach auf die Wege fallen lassen darf (schon bezeichnend, dass man das extra dazu schreiben muss!) und, ganz wichtig: Sich still und friedlich auf den Wegen verhalten soll.

Das Innere Ich runzelte skeptisch die Stirn. „Quiet and peaceful? Das wäre das erste Mal, dass ich sowas in Indien erleben würde."

Und es wurde in seinen Bedenken belohnt. Auf der Straße vor dem Zoo reihte sich eine Verkaufsbude an die Nächste, das Gedränge war groß und überall hupte, rief oder dudelte es. Es war höllisch laut...

Egal, anstehen, Ticket kaufen und rein da. Ich brauchte eine Toilette und meine Männer beschlossen, im Schatten auf mich zu warten. Als ich wiederkam, grinsten Beide über alle vier Ohren und erzählten, man habe Jakob angesprochen, ob man nicht ein Photo zusammen machen könne. Und Jakob, geschmeichelt wie er war, machte mit. Und es kamen während unseres Besuches im Zoo noch einige junge Männer, die begeistert ihre Handys zückten, um ein Selfie mit meinem Sohn zu machen. Ich stand sprachlos daneben, während Jakob posierte wie ein Youtube-Star!

„Ey, verlange von den Leuten 5 Rupeen für das Schießen von Bildern. Bei 10 Rupeen lächelt er auch!" Rief das Innere Ich und ich gab die Idee an Jakob weiter.

Der wollte das aber partout nicht. Dabei hätte ich das ganz fair gefunden, man muss nämlich auch beim Ticketkauf extra zahlen, wenn man Bilder oder Filme machen möchte!

Wer das Buch „Leben in China" gelesen hat, der kann sich vielleicht noch daran erinnern, dass wir ähnliche Erfahrung in Nanjing gemacht haben, als Jakob knapp drei Jahre alt war. Da haben mich die ganzen Photo-Anfragen irgendwann so genervt, dass ich gesagt habe: „Photo nur für 3 Yuan." Und alle haben brav bezahlt. 30 Yuan hatte der Eintritt für den Zoo gekostet und mit 33 sind wir wieder raus. Das war Jakobs erstes selbstverdientes Geld.
Wer hätte gedacht, dass er auch mit 15 Jahren seine Fans im Ausland hat, die sich gern mit ihm ablichten wollen…
Nach dem Ausflug sagte er jedenfalls felsenfest, er werde nur noch gut angezogen und gestylt das Haus verlassen!
Na, mal gucken, wie lange der Vorsatz hält!

Der Nationalpark

Im Anschluss an den Zoo machten wir uns auf zur Haltestelle vor dem Tiergarten, denn von hier aus fuhren die Safari-Busse los. Mit vergitterten Fenstern, wegen den wilden Tieren. Wir hatten extra den teureren Bus bezahlt, mit dem Prädikat „Air Condition". Es war nämlich um die 30 Grad warm und die pralle Sonne trieb uns den Schweiß auf die Stirn.
Die „Air Condition"- Anlage war allerdings mit Handbetrieb und wird umgangssprachlich auch

„Schiebefenster", an meiner Seite auch „klemmendes Schiebefenster"   genannt. Ob man das Gefährt überhaupt noch Bus nennen darf, lasse ich einfach mal dahin gestellt.

Die Karre hielt nur noch der Rost zusammen, die Rückseiten der Sitze (Hartplastikteile, die die gesamte Rückseite bedeckten) waren meist ganz weg oder aber schlackerten, wie der vor Jakob, missmutig herum. Aus den Anderen reckte sich uns der Schaumstoff der vorigen Rückenteile entgegen und überall waren Flecken, Dreck und Rost.

„Au weia – wie lange dauert die Fahrt noch gleich?" Fragte das Innere Ich, während es sich einen Formel-1-Helm aufsetzte und Knie- wie auch Ellenbogenschoner befestigte. Ich wünschte von Herzen, ich hätte diese Dinge jetzt auch dabei...

„Eine Stunde." Antwortete ich.

Irgendjemand kam natürlich wieder zu spät und so saßen wir abwartend in dieser Bruthöhle und harrten der Dinge, die da kämen, während sich unter unseren Achseln immer größere nasse Flecken bildeten.

Endlich stiegen noch ein Chinese und ein Inder zu und dann ging es los.

Der Nationalpark ist – ähnlich wie der Zoo – nicht mit einem Nationalpark in Europa oder gar Amerika zu vergleichen. Es sind großräumig abgezäunte Waldgebiete, in denen Tiere leben und gefüttert werden und Straßen hindurch führen, auf denen jeden Tag hunderte von Bussen die Touristen herum kutschieren.

Im ersten Wald entdeckten wir nach der Schleuse Rehe und einen Bären. Alle Tiere sind vollkommen relaxt – klar, die Busse sind für sie so gewohnt, wie die Vögel, die über ihnen kreisen.

Durch die Überbeanspruchung der Straßen ist die Beschaffenheit der Transportwege dementsprechend abgefahren und kaputt und die alte Gurke, mit der wir unterwegs waren, machte es nicht besser! Die Schlaglöcher und Hubbel, welche unser Fahrer mit weitgehender Ignoranz seiner Fahrgäste in überhöhter Geschwindigkeit nahm, schleuderte uns teilweise tatsächlich aus den Sitzen. Einmal habe ich mit dem Kopf sogar die Decke berührt. Und nein, das ist nicht übertrieben.

Das Innere Ich saß während dieser Fahrt mit einer Mönchskutte in einer Kathedrale und betete inständig für eine heile Heimkehr...

Jakob und Michel hatten (wie immer bei solchen Kamikaze-Fahrern) ihren Spaß.

Nächste Schleuse, nächstes Gebiet. Es ging einen Hügel herunter und dann stand rechts neben der Straße ein trauriger Elefant mit einer Fuhre Heu vor sich und angekettet. Man will wohl sichergehen, dass ihm nicht irgendwann die dröhnenden, stinkenden Touribusse mit ihren klickenden Kameras und Handys einfach auf den Sack gehen und er sich ins Unterholz davon macht...

Etwas – aber nicht viel – besser war die Elefantengruppe am See dran. Sie waren zwar auch eingezäunt, damit sie sich nicht vom Acker (äh, vom See) machen, trugen auch Ketten an den Vorderbeinen, waren aber nicht angekettet.

Wieder eine Schleuse, jetzt wurden die Zäune schon höher... Das Innere Ich saß vor einer Kinoleinwand, auf der Jurassic Park lief und mir wurde etwas mulmig. Irgendwie sahen die Zäune und Schleusen genau so aus, wie die aus dem ersten Film...

Aber hier gab es keine Dinosaurier zu bestaunen, sondern Schwarzbären. Sie lagen irgendwo herum und schliefen oder saßen an der Straße und warteten auf die Busse. Trotz dicken Schildern, die Tiere auf gar keinen Fall zu füttern, wurden natürlich doch das eine oder andere Brot, Kekse oder Kaugummi rausgeworfen. An der Fütterungsstelle stand ein großes Schild: „Plastic free zone" , keinen Meter daneben hing eine blaue Plastikfolie, die wohl mal als Dach gedient hatte, zerrissen in mehreren Teilen herunter in die Fresströge. Spätestens hier hatte sich die Idee von „Nationalpark" erledigt. Aber immerhin konnten sich die Tiere hier etwas mehr bewegen, als ihre Kollegen im Zoo. Wieder Schleuse, dann durften wir Zwei Löwen und ihre Frau bewundern, die träge an der Straße herumgammelten.

„Ähem", meldete sich das Innere Ich zu Wort. „Entschuldigung – aber Löwen in Indien? Habe ich da in der Schule gefehlt, als mitgeteilt wurde, dass es Löwen außerhalb der Steppe, bzw. Savanne und dann auch noch im Dschungel gibt? Wenn mich nicht alles täuscht, dann sind die hier ziemlich falsch."

Ich musste ihm Recht geben und sagte nur beschwichtigend: „Aber schön sind sie schon."

„Ja – schön falsch." Murrte es.

(Das Recherchieren brachte allerdings zutage, dass das Innere Ich an diesem Punkt falsch lag und der Löwe in früheren Zeiten tatsächlich auch die indischen Dschungel bejagt hat! Heute allerdings schon lange nicht mehr.)

Im nächsten abgetrennten Waldbereich kamen nun die Tiger. Wir haben ungefähr 10 Tiere gesehen, von denen eines ganz furchtbar humpelte, der hat sicher nicht nur einen Holzsplitter in der Tatze.

Es war eine schöne Tour, auch, wenn mein Rücken mir das Durchrütteln und die Schlaglöcher noch einige Tage übelnehmen wird.

Als wir die weitläufige Waldlandschaft von einem Hügel überblicken konnten, fiel mir erst mal auf, dass sich meine Seele nach solchen Bildern schon längere Zeit gesehnt hat. Denn wir wohnen hier mitten in der Stadt, da kann man seine Augen nicht in der Weite ausruhen.

Von daher hat es tatsächlich Spaß gemacht. Ich würde allerdings Menschen mit Bandscheibenbeschwerden oder ähnlichen rüttelanfälligen Krankheiten diese Tour aufs Äußerste abraten!!! Zumindest in diesem Bus. Vielleicht sind die Anderen (sahen auch neuer aus) ja besser und vielleicht haben die ja dann auch eine funktionierende Klimaanlage.

Mückenalarm

Dschungel. Das impliziert ja schon geradezu eine warme, schwüle Luft. Und auch, wenn in diesen Dschungel eine Millionenstadt hinein gebaut wurde, ändert das an der Luft wenig, bis auf das diese wärmer, feuchter, staubiger und dadurch klebriger wird. Ein Paradies für Mücken! Und leider wissen die das auch...

Die Blutsauger sind hier sogar größer als in Deutschland, was die Stiche nicht angenehmer macht. Ich habe mir jetzt elektrische Mückenschläger besorgt, mit denen ich mehrmals am Tag Jagd nach den Bestien mache und mir jedes Mal ein befriedigtes Lächeln auf dem Gesicht erscheint, wenn es knallt und die Mückenleiche zwischen den Metallfäden verglüht.

„Elektro-Bestattung." Sagt das Innere Ich dazu.

Zu meinem Entsetzen habe ich bemerkt, dass der Vorrat an Autan zur Neige geht und werde heute mal nach adäquatem Schutzersatz suchen. Denn es ist nicht nur das fürchterliche Jucken, sondern auch die Angst vor übertragenen Krankheiten wie Malaria, Denguefieber, oder Ebola...

Abends, wenn ich auf der Terrasse am Pool sitze, flattern immer ein paar Fledermäuse um mich herum und ich hoffe, dass sie gute Jäger sind und mich von den hungrigen Mücken befreien. Meist sind es ganz kleine Fledermäuse, wie wir sie auch in Istanbul durch den Garten flattern sahen. Aber manchmal kommen auch Große, die sind ca. 30 cm breit – hoffentlich verfangen die sich nicht mal in meinen Haaren!

Das Innere Ich verwandelt sich in eine überdimensionale Mücke und sticht mit sichtlichem Genuss in mein Handgelenk.

„Au!" Rufe ich verärgert und greife schon mal nach dem Fenistil. Das Innere Ich guckt ein wenig erstaunt und dann weiten sich die Augen ganz erschreckt und es bläht sich auf, wie ein gefüllter Luftballon.

„Rausziehen!" Rufe ich. „Rausziehen! Du hast eine Arterie erwischt!"

Großes Kino!

Gestern Abend sind Michel und ich ins Kino gegangen, welches sich in einer Mall hier in der Nähe befindet. Der Film hieß „A Star is born" mit Lady Gagga. Das Innere Ich hatte nämlich mal wieder Lust auf Herzschmerz und Kitsch...

Der Eintritt war nicht wirklich teuer: Für zwei Tickets und zwei Cola haben wir insgesamt 10 Euro bezahlt – da kann man nicht meckern. Denn das Kino ist wirklich sehr modern. Vor dem Kinosaal mussten wir noch eine Weile warten, bis die Reinigung vom letzten Film abgeschlossen war. Erst, als der Putzspezialist mit ernstem Gesicht aus der Tür trat, durften wir hinein.

Das Innere Ich lachte und zeigte auf den Mann, welcher einen runden Staubsauger wie einen Rucksack auf dem Rücken trug. Er steckte in einem grünen Overall und hatte eine Wollmütze auf dem Kopf.

„Guck mal, der Geisterjäger hat das Kino für uns sicher gemacht!" Giggelte das Innere Ich, steckte den kleinen, grünen Schleimgeist in die Hosentasche und sang die Titelmelodie von „Ghostbusters".

Gut, dass ich mir eine Strickjacke mitgenommen hatte, denn die Klimaanlage kühlte den Kinosaal auf ca. 18 Grad runter. Wenn man ansonsten stetig bei 27 Grad seinen Alltag verbringt, kommt einem das schon deutlich kühl vor.

Wie in Deutschland, wird vor dem Film Werbung gezeigt. Und vor jeder Werbung erscheint ein Zertifikat, welches die kommende Werbung als „genehmigt durch den Staat" anzeigt. Da wir innerlich noch viel zu Deutsch sind und darum pünktlich im Kino waren, mussten wir uns um die 20 Minuten indische Werbung antun. Dann aber war es soweit: Das Licht wurde gedimmt und ich positionierte den Popcorn-Becher auf meinem Schoß.

Aber es kam anders, denn alle Menschen im Kinosaal erhoben sich von ihren Sitzen, legten die rechte Hand auf ihr Herz und sangen! Vorn auf der Leinwand erschien nämlich die indische Flagge und die Nationalhymne erscholl im bestuhlten Raum. Manche sangen mit einer Inbrunst, dass Gotthilf Fischer die Tränen gekommen wären. Wer sich einmal die Mühe macht, sich die indische Nationalhymne im Internet anzuhören, der wird feststellen, dass es in manchen Aufnahmen wie ein Kinderlied klingt. (bitte MIT Gesang anhören)

Also nicht pompös und glamourös, wie man es von einer Nationalhymne erwarten würde. Die Situation war so skurril, dass ich mir während des Liedes Popcorn in den Mund stecken musste, um nicht laut los zu lachen...

Danach ging es dann nochmal mit Werbung weiter und irgendwann begann dann endlich auch mal der Film. Normalerweise werden Flaschen, die ein Etikett tragen, auf denen Alkohol zu erkennen ist, verpixelt. Und Geschlechtsteile wie auch Busen natürlich auch. Ständig hat man den Eindruck, man hätte etwas im Auge und sähe verschwommen... Gestern aber waren die Etiketten der Flaschen nicht verpixelt, weil nämlich der Film darum extra ab 18 Jahren freigegeben war.

Jedesmal, wenn einer der Darsteller eine Zigarette in der Hand hielt, kam ein Schriftzug: „Smoking kills", der so lange auf der Leinwand blieb, bis die Zigarette nicht mehr im Bild war.

Durch die Erfahrung aus der Türkei hatte ich vorsorglich Ohrenstöpsel dabei und das war gut so! Boah, war das laut! Mit der Schaumstoffdämmung im Ohr aber überhaupt kein Problem, denn so konnte ich das Überangebot an Phon auf ein Normalmaß dämpfen.

Es war auf jeden Fall ein schöner Kino-Abend, den wir sehr genossen haben.

Am Flughafen

Es standen mal wieder Feiertage an. Derer gibt es hier so viele, dass ich manchmal den Eindruck habe, die Kinder würden durch ihren Schulbesuch überhaupt nicht schlauer, weil sie ja so selten da sind. Ein Traumland für jeden Schüler!

Nunja, jetzt waren es also insgesamt vier Tage – von Donnerstag bis Sonntag – die uns für einen Kurztrip zur Verfügung standen. Was sollen wir denn auch vier Tage in einem leeren Haus?!

In den Norden ist es für die kurze Zeit ein bisschen zu kurz, darum entschieden wir uns für die Stadt Kochi in der Region Kerala, im Süden Indiens. Das ist von hier etwas mehr als 500 km weg. Aber die Straßen sollen so schlecht sein, dass an eine Reise mit dem Auto nicht zu denken ist. Mit dem Zug dauert eine Fahrt ca. 17 Stunden, weil das Verkehrsmittel alle paar Kilometer anhält. Blieb also die Reise mit dem Flugzeug.

In Indien ist ja überall Geschlechtertrennung angesagt. Ich musste also durch die Sicherheitskontrolle bei den Frauen, Jakob und Michel bei den Männern. Das wäre auch alles gut gelaufen, wenn meine Männer nicht Jakobs Poker-Jetons hätten mitnehmen wollen. Da mein Trolley am wenigsten Inhalt, also noch am meisten Platz, hatte, legte man die Plastiktüte mit den Spielchips eben bei mir rein. Es sind übrigens Profi-Jetons, die haben einen Metallkern...

Das Warten in der Schlange war eine Geduldsprüfung, denn die beiden tumben Damen in Uniform hatten zwar beide einen Metalldetektor in der Hand, kontrollierten aber immer nacheinander, statt zeitgleich! Obwohl genügend Platz vorhanden gewesen wäre. Dabei hatten sie den arroganten Blick eines Nationalen Sicherheitsstabschef und die Bewegungsgeschwindigkeit einer Schildkröte.

Endlich durch, wurde es dann noch bunter. Um kein Gepäck aufgeben zu müssen, hatte ich lediglich meinen Trolley dabei. Da waren also meine Kleidung drin, ein Kulturbeutel (den ich bereits seit Jahren um die Welt fliege und der nie ausgepackt wird...), mein Laptop, Mobiltelefon, Portemonnaie und den Pass.

Gleich drei bewaffnete Sicherheitsbeamte legten mir meinen Koffer vor. Ob das meiner sei. Ich bejahte. Einer von ihnen wackelte unbillig mit dem Kopf und sagte: „Ju häff tu matsch monni!" (Ich schreib das mal so, statt englisch, weil dann der indische Dialekt vielleicht ein bisschen besser rüber kommt.)

„Schön wär`s." Dachte ich, denn in dem Portemonnaie war nicht viel Geld. Also verneinte ich und zeigte ihm den Inhalt meiner Börse.

„No no. Männi Koin!"

Da erst vielen mir die Jetons ein. Ich öffnete den Koffer und fischte den Beutel heraus. „Isät Germani?" Ich erklärte, dass das zum Spielen sei und zeigte ihm das Kartenspiel. Die drei mussten sich darüber erst einmal gewissenhaft austauschen. Es war ganz offensichtlich, dass die mir nicht über den Weg trauten. Währenddessen kam auch Michel, der mich schon eine Zeitlang suchte, dazu.

Nun gut. Da die Jetons offenbar kein Sicherheitsrisiko darstellten und ich inzwischen ziemlich genervt von der ganzen Aktion und dadurch selbstverständlich für

Sicherheitsbeamten eine Provokation war, musste nun der Koffer ausgepackt werden. Wie wunderbar, dass die ganzen Passagiere um uns meine Unterwäsche genau inspizierten.

„Haben Sie spitze Gegenstände?" Fragte er.

„Nein." Erwiderte ich.

„Doch. Sie haben zwei Scheren." Blaffte er. (Wenn er es doch wusste, warum fragte er dann so dämlich???) Ich wusste nichts von irgendwelchen Scheren. So mussten sie dann alle Sachen extra durch den Durchleuchtungsapparat fahren, bis er in irgendeinem versteckten Fach meines Kulturbeutels zwei winzige Nagelscheren gefunden hat. Die müssen seit mehreren Jahren da drin sein – und kamen durch jede Flughafenkontrolle...

Freund Zufall

Auf unserem Kurztrip hatten wir richtig Glück: Als wir am Donnerstag ankamen, fand gerade ein Generalstreik statt. Darum waren alle Geschäfte geschlossen und die Autobahn komplett frei. So brauchten wir zum Hotel nur eine gute halbe Stunde, statt der üblichen anderthalb.

Das Taj Hotel in Kochi ist wunderschön, sauber und die Leute sind sehr freundlich. Meine Männer mussten ein bisschen leiden, weil es im Gang der Zimmer wohl ziemlich roch, da einige Räume gerade renoviert wurden und es nach Farbe und Lösungsmitteln roch – da hatte ich mit meinem fehlenden Geruchssinn einfach mal Glück. □

Ich hatte mir extra ein Buch für diesen Trip aufgehoben mit dem Titel: „Was Alice wusste" und las es am Pool. Drei weitere Ausländer (Vermutlich Vater mit Tochter und

Schwiegersohn, Mitte 20) lagen nicht weit von entfernt auf ihren Liegen und ich bemerkte, wie der eine immer wieder zu mir herüber schaute. Er mochte um die 50, vielleicht auch etwas drüber gewesen sein, schlank, sportlich und recht attraktiv. Also bildete sich das Innere Ich ein, es sei auch attraktiv und tat so, als würde es seine interessierten Blicke nicht bemerken.

Schon bald hatte das Buch mich aber derart in den Bann gezogen, dass ich meine Umwelt vergessen hatte und als ich das nächste Mal aufsah, waren die Drei verschwunden.

Am nächsten Abend wollten wir am Pool eine Runde Poker vor dem Abendessen spielen und ich hatte mir etwas entfernt davon (im Raucherbereich) ein Räucherstäbchen angezündet. Da erschien das Mädel und ihr Freund von gestern und gesellten sich zu mir. Sie erzählte mir, wo sie herkämen und wo sie jetzt lebten und nach ein paar Minuten entschuldigte ich mich und ging zu meinen Jungs. Kurze Zeit später stand sie neben uns und hielt mir ein Feuerzeug hin. Das hätte auf dem Aschenbecher gelegen, ob das wohl meines wäre. Nein, war es nicht, ich nahm es aber trotzdem an. (Dabei war ich ganz sicher, dass da eben weder auf dem Aschenbecher, noch daneben ein Feuerzeug gelegen hatte!)

Am Abend saßen wir auf der Terrasse eines der Restaurants im Hotel und die Drei saßen an dem Tisch neben uns. Und auch diesmal lachte mich der Mann strahlend an. Ich strahlte freundlich zurück. Zum Gespräch kam es aber nicht. Später bekamen wir mit, dass sie auf einer großen Segeljacht wohnten, welche direkt vor dem Hotel vor Anker lag. Sie hatten ein kleines Motorboot, mit dem sie vom Anleger zu ihrem Boot fuhren.

Nächster Abend: Wir saßen im Chinesischen Restaurant im Hotel, als die Drei direkt vor unserem Fenster vorbei kamen. Auch diesmal strahlte er und winkte mir fröhlich zu, als würden wir uns schon sehr lange kennen. Ich dachte mir nichts dabei, sondern fand, dass das einfach ein netter Typ sei.

An diesem, letzten Abend hatte ich mein Buch fertig gelesen und nachdem ich die letzte Seite des spannenden Werkes (unbedingt empfehlenswert!) umgeschlagen hatte, prangte mir ein großes Foto des Autoren entgegen. Das Innere Ich Klimperte zweimal mit den Augendeckeln und sagte tonlos: „Deshalb war der zu dir immer so freundlich…"

Was für ein Zufall! Da liegt der Kerl am Pool und ein paar Meter weiter sitzt eine Frau und liest sein Buch. In Indien… Klar, dass der rüber geguckt hat und sich jedes Mal gefreut hat, mich zu sehen. Vermutlich hat er bei jeder Begegnung erwartet, dass ich ihn anspreche und nach einem Autogramm bitte!

Michel hat sich das Bild flüchtig angeschaut und meinte: „Das ist der nicht." Aber ich bin mir ganz sicher. Und so ergibt sein Verhalten auch einen Sinn. Wirklich erfahren werde ich es wohl nie aber bis man mir das Gegenteil beweist, behaupte ich einfach, dass es tatsächlich der Autor des Buches war, welches ich in den Tagen gelesen habe. (Wenn nicht, hat er einen richtig guten Doppelgänger!)

Wer hat`s erfunden?

Vor vier Jahren habe ich mit Jakob eine Wissensreise durch Deutschland gemacht unter dem Thema „Deutsche Erfindungen". Wir waren in Friedrichshafen beim Herrn Zeppelin, in Tottenau beim Erfinder der

Dauerwelle, haben das Konrad Zuse Museum besucht und vieles mehr. Darum habe ich mir gedacht, es wäre doch nicht schlecht mal nachzuforschen, was in Indien alles erfunden wurde.

Das Innere Ich ist skeptisch: „Was sollen die schon groß erfunden haben? Außer vielleicht Gewürzmischungen." Es ist den ganzen Tag schon mies gelaunt, weil ich seit vier Wochen auf Lakritz-Entzug bin. Sowas gibt es hier leider nicht und ich habe nicht daran gedacht, einen Vorrat aus Deutschland mit zu bringen... (Blöder Fehler!) Es verkriecht sich in ein leeres, hölzernes Bierfass und zieht den Deckel zu. Na gut, soll es doch schmollen, gehe ich eben allein auf Informationsjagd.

Und werde ziemlich schnell fündig:

Die Baumwollkultivierung stammt aus Indien. Die hätte ich doch eher nach Amerika gesteckt... Weit gefehlt, die Inder warn`s. Und die Selbstmordrate bei indischen Baumwollbauern ist wahnsinnig hoch. Zur Erlangung des Saatgutes muss sich der Bauer hoch verschulden. Wird die Ernte unbrauchbar – zum Beispiel durch Monsunschäden oder Ungeziefer, hat er seiner Familie Unehre gemacht und es wird mehr oder weniger von ihm erwartet, diese durch sein Ableben wieder herzustellen. Meiner Meinung nach eine fragwürdige Tradition...

„Metallurgie" lese ich und muss erst mal nachschauen, was das denn genau ist: Die Wissenschaft von der Gewinnung der Metalle aus Erzen. Ach, damit müsste sich doch mein Freund Jürgen auskennen. Werde ihn das nächste Mal danach fragen. Ob er weiß, dass das aus Indien kommt?

„Guck an! Die sollen das Schachspiel erfunden haben?!" Ruft das Innere Ich. Es hat den Deckel vom Fass mit dem Kopf nach oben gedrückt, weil es viel zu neugierig ist... Aber ja, auch das Schachspiel soll aus Indien stammen. Und zwar aus dem 3. Jahrhundert.

„Also quasi zur selben Zeit, als sich auch das Christentum bildete." Sagt das Innere Ich. „Da kommen mir spontan die späteren Kreuzzüge in den Sinn. Ob das vielleicht mit Ursache und Wirkung zu tun hat?"

„Wer weiß..." Grinse ich und forsche weiter.

„Faseroptik, Kabellose Kommunikation und Kataraktchirurgie."Lese ich vor.

„Watt is datt denn?" Fragt das Innere Ich und steht im OP-Outfit mit erhobenen Händen da und ruft: „Schwester!"

„Das müsstest du eigentlich noch aus der Zeit in der Klinik kennen." Frotzele ich und freue mich, dass ich nicht mal nachschauen muss: „Das ist die Operationsbehandlung bei einem Grauen Star."

„Ph." Macht das Innere Ich. „Streber. Ich finde nützliche Erfindungen, die alle betreffen viel sinnvoller. Guck mal hier, in Indien wurde das Lineal erfunden. Und die Knöpfe! Siehst du, damit kann man wenigstens auf breiter Linie etwas anfangen!"

Ich staune, denn da steht auch, das hier das Haarshampoo, die Toilettenspülung und sogar die Waage erfunden wurde.

„Donnerwetter." Sage ich respektvoll. „Das sind Dinge, mit denen man täglich umgeht und keine Vorstellung hatte, wer das alles erfunden hat."

Das Innere Ich bestätigt heftig nickend: „Noch schlimmer finde ich die Vorstellung, es hätte nie Jemand erfunden."

Mädämm not at homm!

Gestern war ich mal wieder auf meinem täglichen Einkaufstrip im Supermarkt. Das Thermometer zeigte kuschelige 32 Grad, die Sonne knallte unbarmherzig und der Boden war trocken und demzufolge sehr staubig.
Als ich im Supermarkt ankam, lief mir der Schweiß die Arme herunter und ich stellte fest, dass allein diese kurze Strecke genügt hatte, um mir eine feine bräunliche Staubschicht auf die Haut zu legen, denn die Rinnsale, in der das Hitzewasser die Arme hinunterlief, wurden als helle Streifen sichtbar.
Ich ließ mich erst mal auf einer Sitzgelegenheit nieder, denn das Innere Ich hatte einen Anker geworfen und lechzte: "Pause, bitte!"
Und es hatte Recht.
Den Vormittag hatte ich mit Putzen verbracht, denn Lakshmi hatte am Morgen angerufen und unter Tränen erzählt, ihr Vater sei gestorben. Darum habe ich ihr eine Woche frei gegeben und muss halt selber sauber machen. Und wenn ich doch schon mal dabei war, dann konnte ich doch eine gründliche, deutsche Generalreinigung vornehmen! So eine Art Frühjahrsputz im Herbst. Ich hatte vorher nicht gezählt, wie viele Zimmer und Toiletten im Haus sind und war ganz überrascht, denn wir reden hier von 11 Zimmern und 6 Bädern! Wer schon mal bei über 30 Grad Raumtemperatur Staubsauger, Schrubber und Schwämme geschwungen hat, weiß, dass man das getrost unter Sport einordnen kann!

Also saß ich eine Zeitlang in der klimatisierten Halle der Mall und genoss die kühle Luft. Ein kleiner Junge, ca. 5 Jahre alt, lief und tanzte auf der freien Fläche und strahlte mich an. Ich winkte lächelnd zurück und kratzte mich dann kurz an der Stirn, weil es kribbelte.
Wir waren ja letzte Woche in Kerala und ich hatte einen tüchtigen Sonnenbrand auf der Stirn bekommen.

Der war zwar nicht mehr zu sehen, doch die Haut war ja abgestorben und meinte just in diesem Moment, sich großflächig von meinem Gesicht lösen zu müssen. Und so hatte ich mit dem kurzen Kratzen einen handtellergroßen Hautfetzen abgelöst, welcher schlaff an meinem Fingernagel herunter hing.

Das arme Kind hatte das mit Entsetzen angeschaut und schrie nun aus Leibeskräften. Stellt euch mal vor, ihr wärt ein kleines Kind und vor euren Augen zieht sich eine Frau die Haut vom Gesicht! Ich konnte es ihm nicht verdenken und eilte auf die Toilette, um die Wiederholung einer solchen Szene in der Öffentlichkeit zu vermeiden. Boah, war mir das peinlich!

Gut, einkaufen und wieder nach Hause.

Am Tor zum Compount redeten die beiden Wachmänner gleichzeitig in Hindi auf mich ein. Ich verstand kein Wort, denn ich spreche kein Hindi.

„Can you speak english, please?" Fragte ich und der eine sagte: „Passel" Er wiederholte das Wort noch einige Male aber ich kannte diese Vokabel leider nicht. Also ging ich nach Hause.

Als Michel heim kam, erzählte ich ihm davon und er sagte, das „parcel" das englische Wort für Päckchen sei. Der Wachmann hatte es allerdings anders ausgesprochen und so habe ich es nicht verstanden.

Aber warum hat er mir das Päckchen denn nicht einfach gegeben?! Ich lief also nach dem Frühstück wieder zum Tor und fragte nach. Bei der Erklärung schlug sich das Innere Ich mit der flachen Hand vor die Stirn, denn der Wachmann sagte, er hätte ja gesehen, dass ich den Compount verlassen hätte und hat den Postboten weggeschickt mit den Worten: „Mädämm not at homm!"

Na, toll! Wenn mir also einer unserer Freunde liebevoll aus Deutschland ein Überraschungspäckchen geschickt hat, dann hat es mindestens vier Wochen anstrengende Reise, unsanfte Behandlung und strenge Zollkontrollen überstanden, ist aber fünf Meter vor unserer Haustür an unserem Wachmann gescheitert, der mit der Erkenntnis: „Frau Howe ist nicht zuhause!" das Päckchen wieder auf den Rückweg geschickt hat!

Danke

An meine treuen Testleser Anke, Anja, Fritzi, Denise, Manu, Michel, Uschi und Egon!
Danke, dass ihr euch die Zeit nehmt, die Texte zu lesen, euch damit auseinander zu setzen und mir schließlich eine Rückmeldung gebt.
Durch euch bin ich reich geworden – denn Zeit ist das kostbarste Geschenk!